KB075257

북극 허풍담 3

EN UNDERLIG DUEL OG ANDRE SKRØNER

First published by Lindhardt og Ringhof, 1976. © Jørn Riel & Gaïa Editions

Korea translation copyright © Yolimwon Publishing co., 2022
Korean edition was published by arrangement with Gaïa Editions through Sibylle
Books Literary Agency, Seoul

북극 허풍담 3

백작의 유산

요른 릴 소설

지연리 옮김

엘림원

| 일러두기 |

• 본문 중의 주석은 옮긴이주다.

• 인명, 지명 등 외국어의 우리말 표기는 국립국어원 외래어 표기법을 따르되,
  통용되는 일부 표기는 허용했다.

갑작스러운 변화는 모두에게 힘들어.
감당하기 힘든 진실을 눈앞에 던져주는 것과 같지.

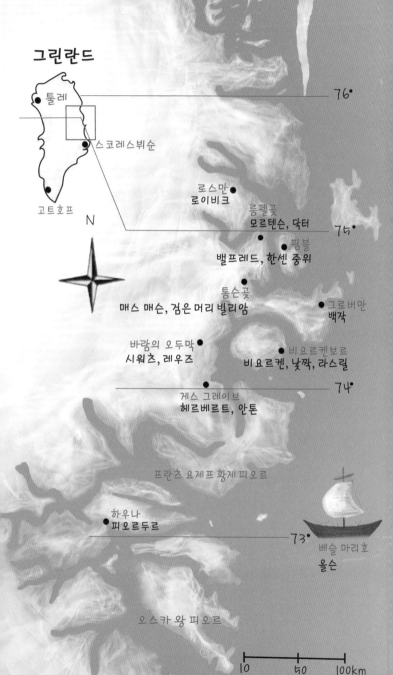

그린란드

툴레

76°

스코레스뷔순

로스만
로이비크

룸펠곶
모르텐슨, 닥터

75°

고트호프

핑불
밸프레드, 한센 중위

N

톰슨곶
매스 매슨, 검은 머리 빌리암

그로버만
백작

바람의 오두막
시워츠, 레우즈

비요르켄보르
비요르켄, 낯짝, 라스릴

게스 그레이브
헤르베르트, 안톤

74°

프란츠 요제프 황제 피오르

하우나
피오르두르

73°

베슬 마리호
올슨

오스카 왕 피오르

10   50   100km

남자다움의 기준

—

비요르켄의 이타심과 낮짝의 헌신,
그리고 라스릴의 끝 모를 순진함

라스릴은 그린란드 북동부에서 가장 젊은 사냥꾼이
었다. 그는 여러 불행한 이유로 사냥 회사에 구직 신청
을 했다.

라스릴의 어머니는 스웨덴인, 보다 정확히 말하자면
스코네 사람이었고, 아버지는 덴마크인이었다. 관계를
돈독히 할 만한 시간과 약간의 평화가 주어졌다면 이들
은 꽤 완벽한 조합을 이룰 수 있었을 것이다. 그리고 그
일은 두 나라 사이에 자리한 작은 섬인 벤이나 살트홀
름에서 일어났으리라. 하지만 도로 인부였던 그의 아버

지는 힐레뢰드와 뇌데보 사이로 이른바 '파견 나가' 있었고 해협 한가운데 정착을 할 수는 없었기에 라스릴은 덴마크를 선택했다. 그렇게 라스릴은 사람들의 입맛에 따라 덴마크인 같은 스웨덴인 혹은 스웨덴인 같은 덴마크인이 되었으니, 이러한 상황이 그에게 썩 유쾌한 것은 아니었다.

청년은 강한 개성을 무기 삼아 문화와 언어의 장벽을 뛰어넘을 수도 있었을 것이다. 두뇌 회전이 빨랐다면 자신의 스웨덴적인 면을 신비롭고 이국적인 요소로, 요컨대 평범한 덴마크인이 쉽게 접근하지 못하는 섬세한 요소로 활용할 수도 있었으리라. 하지만 라스릴은 맛없는 음식 같은 사람이었고, 솔직히 말하자면 머리가 나빴다. 좀처럼 눈에 띄지 않는 데다 이해력도 살짝 부족했고, 얼굴도 못생긴 측에 속했다. 불량배들을 얼씬거리지 못하게 할 만큼 힘이 세거나 이두박근이 발달하지도 않았기에 그를 스코네 촌놈이니 미친 카를이니 스웨덴 악마니 하고 부르며 놀리는 악동들의 코피를 터뜨리지도 못했다.

이런 이유로 라스릴은 불행한 어린 시절을 보냈다. 사냥꾼이 되어 그린란드로 가고자 한 것도 이 모든 것으로부터 떠나고 싶다는 간절함 때문이었다. 그는 어깨가

넓어 보이도록 아이슬란드 스웨터를 두 장이나 껴입고 사냥 회사 대표 앞에 섰다. 그러곤 애써 스코네 억양을 끌어내고 거짓말까지 살짝 섞어가며, 북으로 수천 킬로미터 떨어진 라플란드에서 순록과 함께 살아가는 청년 행세를 했다. 회사 대표는 라스릴의 독특한 억양 때문에 그가 하는 말을 제대로 이해하지 못했지만, 어쨌든 그에게서 담대한 청년이라는 인상을 받았다. 대표는 라스릴의 좁은 미간과 깊고 파란 눈을 잠시 응시하고는 즉석에서 그를 사냥꾼으로 채용했다.

라스릴은 수습생으로 비요르켄보르에 보내졌다. 그리고 곧 이곳에서의 삶을 사랑하게 되었다. 여기서 그는 스웨덴인도, 덴마크인도, 촌놈도, 미치광이도, 악마도 아니었다. 첫날부터 이곳 사람들은 그를 보통의 존재로 대하며 자연스럽게 맞이했다. 라스릴에게는 이런 점들이 매우 특별하게 여겨졌다.

라스릴은 낮짝과 비요르켄에게 강한 애착을 느꼈다. 그들은 당연하다는 듯 그에게 선의를 베푼 최초의 사람들이었다. 그들 밑에서 수습생으로 일하며 라스릴은 정신적으로도 육체적으로도 한층 성장했다. 비요르켄의 말을 빌리자면 "한 겹에서 두 겹"짜리 인간이 된 셈이었다.

그동안 라스릴은 직업 사냥꾼이 갖추어야 할 대부분의 기술을 습득했지만 아직 사냥꾼의 반열에 오르지 못하고 있었다. 이유는 딱 하나였다. 한 번도 곰을 잡지 못했다는 것. 그래서 이 비요르켄보르의 수습생은 흰 털 달린 짐승을 잡는 일에 누구보다 열을 올렸다. 라스릴은 시간이 날 때마다, 그리고 돌아다닐 여건이 될 때마다 여행을 떠났다. 바다, 피오르, 계곡은 물론 노련한 사냥꾼들이 곰이 자주 보인다고 말한 곳이라면 어디든 찾아다녔다. 그런데도 아주 가끔 곰 발자국만 볼 수 있을 뿐, 살아 있는 곰과 마주친 적은 단 한 번도 없었다.

그렇게 시간을 보낸 지 벌써 3년이었다. 대장은 라스릴이 수습을 마친 것으로 간주한 터였다. 곰을 못 잡은 것 외에는 수습생 딱지를 떼는 데 문제 될 것이 없어 보였기 때문이다. 이상하긴 했다. 비요르켄도 낯짝도 모두 곰을 잡았는데, 라스릴만이 이 척행 동물에게 매력을 전혀 발산하지 못하고 있었다.

네 번째 겨울이 찾아오자, 라스릴은 배가 오기 전까지 곰을 잡지 못하면 사직하고 힐레뢰드로 돌아가겠다고 위대한 신들 앞에 맹세했다. 그가 느낀 좌절감이 얼마나 컸는지를 잘 보여주는 맹세였다. 이어 어둠의 시기가 지나고 희끄무레한 빛이 얼음을 훑기 시작하자, 라스릴은 곰 사냥에 나섰다.

라스릴에게는 다섯 마리의 개가 있었다. 그가 기지에 도착한 첫해에 비요르켄이 선물한 녀석들이었다. 그 전까지 한 번도 개를 키워본 적이 없었음에도 라스릴은 개 사육에 남다른 재능을 보였다. 그는 동물들을 동료들과 동등하게 대했을 뿐 아니라 더없이 자연스럽게 말을 붙였고, 이에 개들 역시 그에게 귀를 기울여 그 뜻을 터득하는 법을 배웠다. 라스릴에게 개는 세상의 절반이 되었으며 개들에게 라스릴은 신과 다름없는 존재가 되었다. 개들은 라스릴을 조건 없이 사랑하고, 존중하고, 복종했다. 기분마저 주인의 감정을 모방했다.

곰 사냥을 나설 때도 마찬가지였다. 비요르켄보르를 떠나며 개들은 설레는 마음에 조바심을 내며 가벼운 썰매를 끌었다. 생의 순수한 기쁨에 짖어대는가 하면 썰매를 따라 걷는 라스릴에게 고개를 돌려 행복한 미소를 지어 보이기도 했다. 라스릴은 환하게 웃는 개들을 보고 행복감에 가슴이 따뜻해졌다. 힐레뢰드에서 사는 동안 한 번도 친구를 가져보지 못한 그에게는 개들의 숭배가 더없는 감동으로 다가왔다.

이런 라스릴이었지만, 몇날 며칠을 헤매도 곰이 나타나지 않자 얼굴이 얻어맞은 개처럼 변하고 즐거운 기분도 사라져버렸다. 개들 역시 주인의 일에 마음이 상해 걸음을 늦추고 빙판에 닿을 듯 고개를 숙인 채 탐스러운 꼬리를 배 밑으로 감췄다.

라스릴이 곰을 발견하지 못한 상태로 3월과 4월이 지나갔다. 그는 자기 세계에 틀어박혔고, 나날이 야위어갔다. 그늘진 눈에서는 당장이라도 눈물이 쏟아질 것 같았다. 개들의 상태도 딱하긴 마찬가지였다. 털은 윤기를 잃고, 발도 부르텄다. 치고받으며 그렇게나 좋아하던 놀이도 전혀 하지 않았다.

부활절과 성모승천일에도 라스릴과 그의 네발 달린 친구들은 빙원을 헤맸다. 5월의 마지막 날에는 비요르켄과 낯짝이 식탁에 앉아 수습생을 위해 뭐라도 해야 하지 않을까 논의할 정도로 사태가 심각했다.

"내 생각에 이건 다 빛 때문이야." 비요르켄이 말을 꺼냈다. 그의 경험대로라면 기분이 저하되는 이유는 빛이 너무 많거나 너무 없어서였다.

"그게 아니라 곰을 못 잡아서야." 낯짝이 비요르켄의 말을 바로잡았다. "라스릴의 문제는 빛과 아무 상관이 없어. 게다가 빛이 돌아온 건 오히려 잘된 일이지. 사냥을 나갈 수 있으니까. 첫 곰을 잡아 그걸로 배를 채우면 금방 멀쩡해질걸."

"흠……." 비요르켄이 너그럽게 들어주겠다는 표정으로 동료를 바라보았다. "그래, 상황이 상황이니만큼 어떤 가능성도 배제하지 말아야지. 그러니까 빛과 곰의 불운한 조합이라고 치자고. 어쨌든 무슨 수를 써야지 안 되겠어."

두 사람은 백작의 라벨이 붙은 포도주 두 병을 사이에 두고 식탁에 마주 앉아 있었다. 낮짝이 빵을 구운 터라 실내가 후끈했다. 비요르켄은 양모 스웨터를 벗었다. 덥기도 더웠지만, 등을 장식한 불 뿜는 용*에게 바람을 쐬어주고 싶어서였다.

"빛에 관해서라면 우리가 할 수 있는 게 별로 없어." 낮짝이 말했다. "솔직히 말해서 이번 경우는 빛과 전혀 상관이 없기도 하고."

비요르켄은 포도주 병 하나를 들어 멍하니 라벨을 응시했다. 백작이 낮짝의 쉰 번째 생일 기념으로 선물한 샤토 부르빌이었다. 그는 낮짝의 말이 얼마나 반가운지 몰랐다. 그로써 자신에게 빛과 어둠에 관한 철학을 펼칠 기회를, 말하자면 도덕적 의무를 제공하지 않

———

* 시리즈 1권 『즐거운 장례식』 중 「문신 예술가」 참조.

15

앉는가. 그러자면 먼저 절대적 어둠과 절대적 빛이 인간의 영혼에 어떤 영향을 미치는지에 대해 꽤 장황한 서두부터 늘어놓아야 했다. 일단 그는 낯짝이 조금 더 말하게 내버려뒀다. 설득력 있는 논증을 펼치려면 힘을 모을 필요가 있었다. 한편 비요르켄과 산 지 어언 9년이 지났는데도 여전히 조심성을 배우지 못한 낯짝은 계속 말을 이었다.

"라스릴의 기분이 좋아지려면 빨리 곰을 잡아야 해. 그러면 해가 뜨든 달이 뜨든 녀석은 신경도 안 쓸 거야." 그가 확신에 차서 동료를 바라보았다. 비요르켄은 격려하듯 고개를 끄덕였다.

"아, 그렇게 생각해?" 비요르켄이 미소를 지었다. 이 미소를 낯짝은 경계했어야 했다.

"응. 내 말대로 될 테니 두고 봐. 곰만 찾아서 라스릴 앞에 갖다 놓으면 된다니까."

비요르켄은 대답 없이 미소만 지을 뿐이었다. 그제야 낯짝은 낌새를 채기 시작했다. 당황한 나머지 안경다리 구실을 하는 고무줄을 잡아당기던 그는 자신이 덫에 걸려들었음을 깨달았다.

"별로 어렵지는 않을 거야." 그가 말꼬리를 흐렸다.

그들은 말없이 각자의 잔에 포도주를 따랐다. 긴장

어린 침묵이 두 사람 사이를 감돌았다. 그로버만 포도주 특유의 씁쓸한 향을 음미한 뒤, 비요르켄이 의자 등받이에 편안하게 기대앉아 현학적인 어투로 운을 떼었다.

"친구, 네 말대로라면 모든 게 다 너무 쉽고 단순해 보여."

의자에 앉아 있던 낯짝의 몸이 축 늘어졌다. 무엇이 자신을 기다리고 있는지 아는 터였다. 이제 비요르켄은 자기만이 그 비밀을 꿰고 있는 장광설을 펼칠 참이었다. 그가 '친구'라는 단어를 들먹일 때면 언제나 지루한 연설이 시작되곤 했다.

"사랑하는 친구, 사실 네겐 모든 걸 단순하게 만드는 특별한 재능이 있단 말이지."

여기서 비요르켄은 목소리를 낮추고 길게 한숨을 내쉬었다.

"그런데 낯짝, 넌 단순해도 정말 너무 단순하다고. 모든 원시종의 특징이지."

그의 목소리에 다시 힘이 실렸다.

"하지만 친구, 이 세상에 단순한 건 없어. 도대체 얼마나 더 얘기해야 알아듣겠어? 인생에서 단순한 건 아무것도, 정말 아무것도 없다니까. 생각이라는 걸 조금이라도 하는 사람에게는 그래. 별것 아닌 것처럼 보이는 일도, 분명하고 당연해 보이는 일도 사실은 죄다 복잡하게 얽혀 있거든. 그걸 분석하기 위해 지식과 학식이 필요한 거야."

낮짝은 무겁게 한숨을 내쉬었다. 라스릴의 문제를 단순하게 해결해보려던 희망이 온데간데없이 사라져버린 터였다. 비요르켄은 본격적인 전투에 앞서 잠시 충전의 시간을 가졌다. 이번에는 아주 요상한 이야기로 시작했는데, 다름 아닌 개썰매 끈에 관한 내용이었다.

"예를 하나 들어보지." 그가 말했다. "너처럼 추상적 사고라곤 해본 적이 없는 사람에게는 예를 들어 설명할 필요가 있어."

비요르켄의 목소리는 흥분감에 떨리고 있었다. 그가 잠시 생각에 잠겨 서두를 가다듬었다. 그 틈을 타 낮짝은 포도주를 한 잔 더 비웠다.

"그래, 개썰매 끈이 좋겠군. 지금 넌 뭔가 엉켜 있거든. 엉킨 건 풀면 되는 거고. 끈을 예로 들면 이해하기 쉬울 거야. 일상적인 물건이니까."

낮짝이 고개를 끄덕였다. 가끔씩 고개를 끄덕여줘야 한다는 걸 그는 경험으로 알고 있었다. 안 그러면 비요르켄은 그가 아무것도 이해하지 못했다고 생각하여 더욱 지루한 설명을 덧붙일 터였다. 낮짝은 안경을 벗었다.

비요르켄이 뿌연 안개 속으로 사라지면 견디기가 훨씬 수월할 것 같았다.

비요르켄이 혀로 입술을 핥았다.

"그래, 끈." 그는 캐러멜을 먹듯 단어들을 하나하나 음미하며 말을 이었다. "그러니까 이 끈이 썰매 머리에서부터 선두에 선 개까지 꼬여 있다 치자. 그럼 어떻게 될까? 염병할 일이 벌어지겠지? 안 그래?" 여기서 그는 낯짝이 고개를 끄덕이는지 확인했다. 이 친구가 지금까지는 잘 따라오고 있군!

"좋아, 이제부턴 라스릴의 상황을 이 끈에 비교해볼 거야. 여기서 썰매 끈 다섯 줄은 녀석의 머릿속에 든 생각을 상징해."

낯짝은 라스릴의 머릿속에 어떤 생각이 들어 있는지, 그 생각이란 게 정말 다섯 개뿐인지 궁금했지만 입을 다무는 편이 낫다는 판단이 들었다.

"라스릴의 생각은 훈련이 안 된 개와 썰매를 연결하는 끈 같은 거야. 마구 흔들리면서 이 끈이 저 끈 위로 넘어가고, 저 끈이 이 끈 밑으로 지나기도 하지." 비요르켄이 기다란 손가락을 배배 꼬며 시범을 보이자 낯짝이 고개를 끄덕였다.

"그러면 이제 뭘 해야 할까?" 비요르켄은 반의 열등

생에게 풀기 어려운 문제를 던진 교사처럼 미소 지었다. 더없이 뿌듯한 모습이었다. 이것이 바로 수습생의 심리를 분석 중인, 대체 불가능한 비요르켄보르 대장의 면모 아닌가.

낮짝은 두툼한 안경알 너머로 비요르켄의 손가락을 응시했다.

"엉킨 걸 풀어야지."

"브라보!" 비요르켄이 박수를 쳤다. "그래, 엉킨 걸 풀어야 해. 그런데 너도 알다시피 이게 쉬운 일이 아니야. 아까 말했지만 세상일에 간단한 건 없거든. 썰매 끈도 그래. 고려해야 할 게 아주 많지."

"뭘 고려해야 하는데?" 낮짝이 조심성 없이 물었다.

비요르켄이 손가락을 꼽으며 입을 열었다.

"첫째, 날씨야. 바람이 부는지 잠잠한지, 기온이 높은지 낮은지, 눈이 오는지 아니면 고약한 날씨가 잠시 소강상태인지, 눈이 온다면 눈송이가 굵은지 자잘한지 전부 다 고려해야 해. 두 번째는 시야야. 밝은 계절인지 어둠의 계절인지, 아니면 그 중간 계절인지 고려해야 하지. 세 번째로, 개들에게 마지막으로 준 먹이의 종류도 무시할 수 없어. 개들이 먹은 게 살코기인지 돼지비계인지 상어인지 호밀인지 고려해야 한다는 말이야."

안경 너머 낮짝의 두 눈이 부엉이 눈처럼 커다래졌다.

"개밥이 여기 왜 껴?"

비요르켄은 코로 공기를 들이마시며 천장을 올려다보았다. 자존심이 상한 듯 입술이 실룩댔지만 그는 용케 참아내고 있었다.

"설마 잊은 거야? 비계를 먹이면 개가 물을 뿜는 소방 호스처럼 설사를 하잖아! 그러면 장에서 쏟아진 그 입맛 떨어지는 물질이 풀어야 할 끈에 전부 묻고! 그뿐 아니라 썰매 주인의 기분도 고려 대상이 돼. 정신 상태는 어떤지, 추위를 얼마나 타는지, 그리고 가장 중요한 치아 상태까지 전부 고려해야 한다고."

낮짝은 어안이 벙벙해 입을 다물지 못할 지경이었다.

"이빨은 또 왜?"

"친구, 생각해봐. 심하게 엉킨 매듭은 대부분 이빨로 풀잖아. 그런 건 꽁꽁 얼어 곱은 손가락으로 못 푸니까. 다행히 난 이럴 때 유용하게 쓸 송곳니가 두 개나 있어. 하지만 밸프레드처럼 운 나쁜 인간은 텐트 말뚝을 사용하거나 인정 많은 동료의 힘을 빌려야 하지. 지금은 도자기로 만든 틀니가 생겼지만 그렇다고 달라지는 건 없어. 이봐, 그래도 못 알아듣겠어? 난 지금 미학적 측면에 대해 얘기하는 거야. 개똥으로 뒤범벅인 썰매 끈에 이를 박는다니, 얼마나 괴롭겠어? 게다가 여덟 마리가 똥을 쌌다면.”

낯짝은 고개를 끄덕여 그의 말에 절대적인 동의를 표했다. 그러곤 비요르켄이 그답지 않게 긴 시간 동안 침묵을 이어가자 얼른 말을 꺼냈다.

“그 개 끈 얘긴 맞는 것 같아. 그런데 빌어먹을, 그게 라스릴과 무슨 상관이라는 거야?”

비요르켄은 고개를 뒤로 젖히고 오만한 표정으로 동료를 내려다보았다.

“친구, 당연히 상관이 있지 왜 없어? 생각이란 걸 할 줄 아는 인간에게는 맑은 옹달샘처럼 훤히 들여다보이는 얘기야. 엉킨 끈은 뒤얽힌 라스릴의 문제를 시각화한 거고, 그걸 풀려면 아까 내가 말한 요소들을 전부 고려해야 한다는 말이지.”

“개똥도?” 낯짝이 물었다.

“그럼, 개똥도.” 비요르켄이 대답했다.

낯짝은 안경을 고쳐 쓰고 귀 뒤로 고무줄을 밀어 넣었다. 어떤 면에서 보면 비요르켄의 이야기도 꽤나 흥미로웠다.

“그런 식으로 생각하니까 내가 상상했던 것보다 문제가 훨씬 복잡해지긴 하네.” 낯짝이 중얼거렸다.

"내가 뭐랬어? 이 세상에 단순한 건 아무것도 없다고 했잖아." 비요르켄이 말을 이었다. "단순한 사람들한테야 모든 게 단순하지. 자, 들어봐. 세상만사에 앞뒤가 있다는 건 너도 알 거야. 오른쪽이 있으면 왼쪽이 있고, 위가 있으면 아래가 있지. 그러니까 이 사실에서 출발하자고. 너도 나처럼 문제를 다각도로 살펴야 한다는 걸 깨달아야 해. 순진하게도 넌 라스릴의 코앞에 곰만 가져다 바치면 된다고 생각하지만, 그건 하나만 알고 둘은 모르는 얘기야. 말하자면 임시방편인 셈이지. 그렇지만 모든 일에는 앞뒤가 있으니, 이제부터 우린 그걸 준비하면 된다고. 과도한 빛으로부터 라스릴을 보호하고, 녀석의 이빨을 뾰족하게 갈아주고, 추위에도 끄떡없게 체력을 단련시키는 거지. 바위처럼 흔들리지 않게 정신도 쇄신시키고. 한 가닥, 한 가닥 매듭을 풀 듯, 라스릴의 꼬인 마음을 풀어주는 거야. 이 문제를 빛에서부터 시작해야 한다는 게 바로 그 얘기였어. 너도 봤잖아. 겨울을 잘 나고 갑자기 밝은 빛을 받으면 사람들이 어떻게 변하는지. 갑작스러운 변화는 모두에게 견디기 힘들어. 감당하기 힘든 진실을 눈앞에 던져주는 것과 같지. 친구, 세상은 더러워. 그래서 차라리 아무것도 안 보이는 겨울이 나은 거야. 우리처럼 단련된 사람들은 그럭저럭 버텨내며 빛에 적응해갈 수 있지만, 라스릴처럼 아직 덜 여문 청년들은 겁을 집어먹고 곰 한 마리 잡는 것 같은 하찮은 일도 산처럼 크게 부풀려 생각하거든."

두 사람은 세 번째 잔을 비우고 포도주가 입속에서 열기를 내뿜을 때까지 기다렸다.

"현기증 얘기야?" 낯짝이 물었다.

"그래, 현기증! 변덕, 정신착란, 광기, 아모크*…… 현기증에는 다양한 이름이 있어. 증상도 다양해서, 여자 때문에 괴로워하기도 하고 '검은 여인의 입맞춤'** 하나를 두고 애태우기도 하지. 라스릴처럼 반드시 곰으로 배를 채워야 하는 사람도 있고 말이야. 옛날에 알던 어떤 녀석은 봄에 멜롭시타쿠스 운둘라투스를 잡고 싶어서 몸살을 앓았다니까. 아, 너한텐 설명이 좀 필요하겠군. 멜롭시타쿠스 운둘라투스는 앵무새의 일종이야. 어쨌든 녀석은 새를 찾겠다고 산이란 산을 다 헤집고 다녔어. 물론 여기서는 그런 새를 찾기 힘들었지. 결국 녀석은 본국

---

* 급격하게 흥분하여 폭행, 살인 등을 범하게 하고, 범행 후에는 피로감과 기억상실을 남기는 특수 급성 착란.
** 비스킷 위에 돔 모양으로 마시멜로를 얹고 겉을 초콜릿으로 감싼 디저트.

으로 송환되었고, 그 일로 회사는 엄청난 비용을 지불해야 했어. 앵무새 열여섯 마리를 아마존에서 직접 데려다가 외스테르브로 동물원에 넣어줘야 했거든. 그제야 녀석은 정상으로 돌아왔어."

비요르켄의 이야기가 자못 의미심장했기에, 낯짝은 앞서 자신이 내놓았던 제안을 보다 고차원적인 수준으로 끌어올려야겠다고 생각했다.

"라스릴을 어두운 데 두자는 말이야?" 낯짝이 물었다.

"바로 그거야. 곰을 잡을 수 있도록 녀석을 준비시켜야 해. 우린 앞으로 녀석의 매듭을 하나씩 풀 거야. 매듭이 풀리면 라스릴은 곰을 잡을 거고, 인간의 얼굴을 되찾을 거야."

낯짝은 병마개를 닫다가 말고 다시 열었다. 남은 포도주의 양이 너무 적어 아껴둘 필요도 없어 보였다. 목을 축일 것이 전부 사라지자 그는 비틀거리며 식탁에서 일어났다. 백작의 독한 포도주가 생각을 어서 실행으로 옮기라고 부추겼다.

"비요르켄, 네 말이 맞아. 그렇게 하자."

라스릴은 곰 사냥에서 또다시 성과 없이 돌아왔다. 그는 멀리 떨어진 도요새 섬 부근에서 뚱뚱한 남자 엉덩이만큼이나 커다란 곰 발자국을 발견했다. 발자국은 얼음이 얼지 않은 바다까지 이어져 있었다. 곰이 뭍에 오른 지점을 찾기 위해 그는 이틀 동안 노를 저으며 빙산 둘레를 샅샅이 뒤졌고, 결국 곰이 하늘로 솟았거나 물에 빠져 죽었다는 결론에 도달했다. 요컨대, 곰이 남긴 발톱 자국 하나도 발견하지 못했다는 것이다.

라스릴은 개들과 씨름하는 그를 도우려고 밖으로 나온 동료들에게 목멘 소리로 사냥지에서의 일을 털어놓았다. 이야기를 마친 뒤, 그가 낯짝의 얼굴을 보고 걱정스레 물었다.

"낯짝, 눈이 왜 그래요? 안경에 무슨 짓을 한 거예요?"

라스릴의 질문에 기다렸다는 듯 비요르켄이 대답했다.

"낯짝이 아파. 시력에 문제가 생겼어. 심각한 건 아니고, 눈이 약간 감염됐어. 밝은 걸 못 견뎌하길래 내가 안경알에 기름칠을 하고 화덕에서 그을음을 긁어다 발라줬지. 낯짝, 좀 어때? 아직도 많이 아파?"

낯짝은 비요르켄의 목소리가 들리는 쪽으로 고개를 끄덕였다.

"참기 힘들 정도야." 몹시 고통스러운 듯, 그가 거칠게 숨을 몰아쉬며 대답하고는 수습생을 향해 손을 내밀었다. "라스릴, 나 안에 들어가려는데 좀 도와줄래?"

실내가 무척 어두운데도 라스릴은 불평 한마디 없었다. 낮짝의 눈을 위해서는 어둠이 필요했기 때문이다. 식탁 위에는 겨울에나 사용하는 페트로막스 램프가 매달려 있었다. 검게 칠한 금속판을 덧댄 탓에 식탁의 중앙에만 램프의 불빛이 떨어졌다. 화덕 위에서 초 한 자루가 타들어가고, 비요르켄의 침대 위에는 석유램프 하나가 야등 삼아 걸려 있었다. 창문에는 역청을 입힌 판자를 덧댄 데다 현관마저 사향소 가죽으로 막아놓아, 집 안으로 빛이라곤 전혀 들어오지 않았다.

"보다시피 여름을 겨울로 바꿀 수밖에 없었어." 비요르켄이 환하게 웃으며 두 손을 비볐다. "반쯤 맹인이 된 친구를 위한 어쩔 수 없는 선택이었지. 라스릴, 가능한 한 등불을 최대한 낮추고 불가피한 상황이 아니면 절대로 문을 열지 마. 알았지? 당분간 사용할 물과 석탄은 여기 내가 들여놓은 것을 사용하고, 괜찮으면 생리 현상은 현관에 있는 양동이에 해결해줘. 일단은 낮짝이 빨리 나아야 하니까."

라스릴이 낮짝의 눈에 관해 연민 어린 질문을 던진 덕분에 비요르켄은 낮짝이 앓는 병을 주제로 장광설을 펼칠 수 있었다. 우울한 얼굴로 비요르켄의 말을 들으며, 라스릴은 실패한 곰 사냥을 떠올렸다. 진정한 사냥꾼이 되지 못했으니 이제 힐레뢰드로 돌아가 아버지처럼 도로 인부가 되어야 할 것 같았다.

이어지는 두 주 내내 칠흑 같은 어둠 속에서 비요르켄보르의 생활이 계속되었다. 라스릴은 다시 사냥을 떠나고 싶었지만, 비요르켄의 말마따나 낮짝은 밤낮으로 도움이 필요한 환자였다. 수습생인 그로서는 이 모든 짐을 비요르켄에게만 떠넘길 수 없었다.

그리하여 라스릴이 무기력에 빠지자, 비요르켄은 이것이 건강을 되찾아가는 좋은 징조라며 낮짝에게 속삭였다. 녀석에게 살이 붙기 시작했고, 아직 완전히 정상은 아니지만 눈에 표정이 생겼다는 것이었다. 라스릴은 우울한 상태로 대부분의 시간을 침대에 누워 맥없이 보내고 있었다.

그러던 어느 날, 라스릴이 말했다.

"낮짝이 나으면 마지막으로 한 바퀴 돌아볼게요. 그래도 곰을 못 잡으면 8월에 베슬 마리호를 타고 떠날 생각이에요."

비요르켄은 윗입술 안쪽에 끼워둔 담뱃잎을 뱉어내고 새로 한 덩이를 뭉쳐서 입에 물었다.

"친구, 드디어 이성을 찾았군! 당연히 이렇게 계속 살 순 없지. 곰이 너한테 잡혀주지도 않는데 여기 더 있을 필요가 뭐가 있겠어? 라스릴, 현명한 결정이야. 상황 파악을 제대로 했어. 네가 더 이상 코흘리개가 아니라는 걸 알겠어. 그러니까 원하는 대로 해. 더는 말하지 말고."

라스릴은 베개에 얼굴을 파묻었다. 비요르켄의 말에 기분이 조금 나아지는 것 같았다.

이때 비요르켄이 침대로 다가와 가장자리에 걸터앉았다.

"라스릴, 너한테 부탁할 게 있어." 낮짝이 듣지 못하도록 목소리를 낮추며 그가 말했다. "며칠만 혼자서 낮짝을 봐줄 수 있을까? 책임을 떠넘기려는 건 아니야. 더는 지체할 수 없는 일이 생겨서 그래."

"비요르켄, 어디 가는데요?"

"그게 좀 사적인 일이라……." 비요르켄이 얼버무렸다. "사실대로 말하면…… 병 때문이야."

"뭐라고요? 비요르켄도 아파요?"

비요르켄은 굽은 등을 곧게 펴고 입을 열었다. "친구, 미안하지만 더는 말할 수 없어. 기지 대장으로서 업무상의 비밀을 지켜야 하거든. 하지만 생사가 걸린 문제라는 건 얘기할 수 있지. 그래, 라스릴, 이건 사느냐 죽느냐의 문제야."

"진짜요?"

"그럼, 진짜지. 말하자면…… 엠마*만큼이나 진짜라고!" 그가 대답했다. "라스릴, 네가 비밀을 지켜주리라 믿어. 그럴 수 있지?"

라스릴은 한순간 자신의 우울증마저 잊은 채 비요르켄의 손을 잡고서 힘을 주었다.

"날 믿어요, 비요르켄. 내 가게를 지키듯 잘 보살필게요."

식탁에 앉아 있던 낯짝은 아무것도 듣지 못했다. 완벽한 어둠 속에서 그는 누구보다 괴로워했다. 라스릴을 어둠 속에 집어넣자던 생각은 분명 훌륭했지만, 왠지 엉뚱한 사람을 어둠 속에 집어넣은 것 같다는 느낌이 들었다.

그날 저녁, 비요르켄은 89년식 소총과 빈 기름통 두 개, 적당히 산패한 바다표범 비계를 챙겨 들고 기지를 떠났다. 낯짝의 개도 두 마리 데려갔는데, 이들은 연안에서 최고라고 인정받은 곰 사냥개였다.

그는 이끼 피오르를 지나 매복 계곡의 길고 좁은 입

―

* 시리즈 1권 『즐거운 장례식』 중 「차가운 처녀」 참조.

구에 텐트를 쳤다. 이어 해변에 비곗덩이를 던져놓고는, 개들을 조금 높은 곳으로 데려다가 여행용 사슬에 단단히 묶은 뒤 곰 사냥개들과 함께 텐트로 돌아왔다.

이틀 뒤, 개들이 짖기 시작했다. 저 멀리 빙하에서 어슬렁거리는 곰 한 마리가 비요르켄의 쌍안경 속으로 들어왔다.

"적당해 보이는군." 그가 중얼거렸다. "신참에게 딱 맞는 작고 예쁜 곰이야."

비요르켄은 해변으로 나가 비계에 소량의 석유를 붓고 불을 붙였다. 연기는 잠시 불길 위에 머물다가 바람을 타고 빙하 위로 흩어졌다. 곰은 걸음을 멈추고 호기심에 차서 코를 킁킁거리며 육지 쪽으로 몸을 돌렸다. 고약하면서도 어딘가 마음을 끄는 냄새였다. 먹을 만한 무언가의 냄새 같기도 했다. 오랫동안 무엇도 먹지 못해 몹시 야위고 지친 곰은 본능에 이끌려 냄새의 진원지를 향해 다가가기 시작했다.

불타는 비계에서 몇백 미터 떨어진 곳에 이르자, 곰은 불꽃을 발견하고 당황해 그 자리에 풀썩 주저앉았다. 피어오르는 연기를 좇아 목을 길게 빼고 입가를 핥는 곰의 모습을 확인하자, 비요르켄은 개들의 입마개를 벗기고 목줄을 풀었다. 개들은 순식간에 빙하를 가로질러

목표물에 달려들었고, 입맛을 다시던 곰은 달아날 새도 없이 으르렁거리는 사냥개들에 포위되었다.

비요르켄은 곰의 운명이 자기 손에 달렸음을 알고 침착하게 89년식 소총에 탄약을 장전한 뒤 빙하를 가로질러 가 한쪽 무릎을 바닥에 대고 조준했다. 잠시 후, 엄청난 굉음이 빙원을 흔들었다. 곰은 이마에 탄알이 박힌 채 그 자리에서 즉사했다. 비요르켄은 캠프로 돌아가 텐트를 접고 다시 곰이 있는 곳으로 갔다. 포획물을 썰매에 싣고 그 위에 기름통을 얹어 밧줄로 함께 묶고서는 매복 계곡을 향해 달리다가 빙하가 끝나는 지점에서 썰매를 멈췄다. 거기서 그는 모든 짐을 내렸다. 먼저 기름통을 포개놓고, 그 위에 반쯤 언 곰을 올렸다. 고된 노동으로 오후 대부분이 지나갔다. 비요르켄은 총알이 박힌 곰의 이마에서 핏자국을 지운 뒤, 마지막으로 꼼꼼하게 눈을 뿌렸다.

그날 밤, 비요르켄은 비요르켄보르에 들러 낯짝에게 라스릴이 언제 어디서 곰을 잡을 수 있는지 자세히 알려주었다. 이어 새벽같이 매복 계곡으로 돌아가 곰 밑에 받쳐둔 기름통을 빼내고 몇 발작 떨어져 자신의 작품을 보며 감탄했다. 곰은 앞으로 몸을 살짝 굽힌 채 쩍 벌린 아가리 속 송곳니를 드러내고 있었다. 나지막한 얼음 언덕 앞에 세워두어서인지 실제보다 훨씬 더 위협적으로 보였다. 비요르켄은 만족감에 고개를 끄덕였다. 그는 곰의 옆구리에 밧줄을 묶어 그 끝을 얼음덩이 뒤로 가져다 놓았다. 그러곤 개들을 숨기고 얼음덩이 뒤로 돌아가 침낭을 둘러쓴 채 기다렸다.

공교롭게도 낯짝의 시력이 돌연 향상되었다. 그 일은 캄캄한 방에서 모닝커피를 마시는 동안 일어났다. 낯짝이 별안간 소리쳤다.

"이게 어떻게 된 일이지? 믿을 수가 없어!"

검댕이 묻은 안경을 이마 위로 올리며 그가 주변을 둘러보았다.

"뭐가요?" 라스릴이 걱정스레 그를 쳐다보았다.

"앞이 보여!" 낯짝이 활짝 웃었다. "라스릴, 내 말 들었어? 전부 다 보인다고! 빛이 갑자기 눈을 쓱 훑고 간 것처럼 갑자기 뻑뻑한 느낌도 없고 아프지도 않아. 정말 신기하네!"

라스릴이 낯짝 앞으로 이리저리 손을 흔들어 보였다.

"이거 보여요?"

"응, 아주 선명하게 보여! 심지어 전보다 더 잘 보이는 것 같아! 하나도 안 아파!"

"재발할지도 모르니 좀 더 두고 봐야 해요." 라스릴이 손을 내리며 말했다.

"아니야, 절대로 그럴 리가 없어." 낮짝이 벌떡 일어나 창문에서 역청 바른 판자를 뜯어내기 시작했다. "이 병은 평생 딱 한 번 걸리거든. 굉장히 희귀한 병이라 아직 이름도 없어."

"정말요?" 라스릴은 잠시 생각에 잠겼다. 이름 없는 병이라니! 처음 들었다. 이름이 없다면 그게 병인 줄 낮짝이 어떻게 알았는지 묻고 싶었지만, 바보처럼 보일까 봐 그는 꾹 참고 이렇게만 말했다.

"그럼 다 나은 거네요. 이제 내가 마지막 사냥을 떠나도 되겠어요. 낮짝이 혼자서도 움직일 수 있다면요."

"움직일 수 있고말고. 그러니까 얼른 가봐. 나 혼자서도 다 할 수 있어." 낮짝이 웃으며 자기 눈을 가리켜 보였다. "눈이 좀 지친 것뿐이야. 이제 안경을 닦고 신선한 공기를 한 사발 들이켜면 완전 새 눈이 될걸. 너랑 같이 사냥을 떠날 수도 있겠어. 그러면 내 눈에도 도움이 되겠지. 걱정할 건 없어. 절대 방해하지 않을게. 멀찌감치 떨어져만 있을 거야. 하하!"

"낮짝이 나보다 먼저 곰을 발견하면 어떻게 해요? 그럼 그 곰은 낮짝 거잖아요."

"아니, 그럴 일은 없어. 난 주로 후각을 사용해서 곰을 사냥하거든." 낯짝이 대답했다.

라스릴이 개 다섯 마리를 썰매에 묶었고, 두 사람은 오전이 다 가기 전에 비요르켄보르를 떠났다. 폭설이 쏟아지고 있었지만 바닥이 질척이지 않아 스키를 신고 썰매 뒤에 매달려 갈 수 있었다.

낯짝이 비요르켄 섬을 돌아 이끼 피오르로 가자고 제안했지만, 라스릴은 빙하 끝으로 가고 싶어 했다.

"그래? 그럼 그래야지. 이건 네 사냥이니까. 그런데 내 기억으로는 이끼 피오르 쪽 빙하가 물에 잘 잠기더라고. 바다표범은 물이 얼지 않은 암초 사이에 자주 나타나고, 바다표범이 있는 곳에는 대개 곰이 있지."

"거기서 곰을 본 적이 있어요?" 라스릴이 희망에 차서 물었다.

"그럼, 엄청 많이 봤지. 어느 해 5월에는 비요르켄이랑 같이 큼지막한 놈으로 여덟 마리나 잡았는걸." 허풍이 다소 지나치긴 했지만 수습생을 이끼 피오르로 데려가려면 어쩔 수 없었다.

"여덟 마리!" 라스릴이 낯짝의 말을 곱씹더니, 곧 채찍을 휘둘러 비요르켄 섬을 향해 오른쪽으로 방향을 틀었다.

저녁이 되자 눈이 잦아들며 회색빛 구름 사이로 햇살이 몇 줄기 내리비쳤다. 낮짝은 바다표범 가죽을 씌운 긴 스키를 타고 썰매 뒤를 따라갔다. 폭설이 내린 뒤라 곰 위에 쌓인 눈을 비요르켄이 잘 털어냈을지 걱정이 되었지만 금세 마음을 놓았다. 라스릴은 천성적으로 의심이라고는 할 줄 몰랐다. 설령 눈 더미 위로 곰 머리만 나와 있어도 의심하지 않을 위인이었다. 낮짝은 빛과 자연을 다시 보게 된 것이 너무나 기뻐 폐부 깊숙이 차가운 공기를 즐겁게 들이마셨다.

여기까지는 모든 일이 예상대로 진행되었다. 비요르켄은 얼음덩이 뒤에서 꽁꽁 언 곰에 연결된 밧줄을 잡아당길 준비가 되어 있었고, 낮짝과 라스릴도 이끼 피오르에서 내려와 정확한 시간에 빙하에 도착했다. 그런데 이때 예기치 못한 일이 벌어졌다. 해변의 눈 더미 사이를 어슬렁거리던 어린 곰 한 마리가 비요르켄과 죽은 동족의 냄새를 맡은 것이다. 호기심 많은 곰은 제자리에 멈춰 서더니 긴 목을 이리저리 흔들며 의심스러운 표정으로 비요르켄 쪽을 쳐다보았다. 비요르켄은 겁에 질린 채 곰의 눈치를 살폈다. 아직 어려서 경험이 부족한 곰은 죽은 동료에게 먼저 조의를 표해야 할지, 아니면 인간의 껍질부터 벗겨야 할지 판단을 내리지 못하는 듯했다. 불행 중 다행으로 그 망설임이 비요르켄의 목숨을 구했다. 그사이 라스릴이 녀석을 발견한 것이다.

"고오옴!" 라스릴의 목소리가 얼마나 컸던지 개들이 놀라 고개를 돌리며 으르렁거렸다. "낮짝, 곰이에요!"

"어디?" 낮짝은 안경을 고쳐 쓰고 안경알에 덮인 눈을 닦았다. 그러곤 근시인 눈으로 주변을 둘러보았다. "안 보이는데?"

"두 마리예요! 곰이 두 마리나 있다니까요! 그것도 아주 가까이에요!" 라스릴이 흥분해 소리쳤다.

"두 마리라고?" 낮짝이 깜짝 놀라 라스릴을 쳐다보았다. "헛소리 마, 라스릴. 곰은 한 마리뿐이야."

"무슨 소리예요? 한 마리뿐이라니요?" 라스릴은 사냥개를 가까이 끌어당겼다. 손이 너무 떨려 고리를 푸는 데 애를 먹었다.

"아, 아무것도 아니야. 그냥 보통은 한 마리밖에 없다는 말이지." 낮짝이 중얼거리며 대답을 얼버무렸다. "그런데 곰이 두 마리면 우리 둘이서 같이 잡아야 할 것 같은데."

라스릴의 사냥개가 날카롭게 짖어대며 두 마리의 거대한 맹수를 향해 달려들었다. 이제 막 비요르켄을 먼저 맛보기로 결정한 곰은 성질을 부리며 개를 향해 돌아섰다.

"이상해요. 한 마리는 털끝 하나 움직이질 않네요. 우리를 못 봤나 봐요." 라스릴이 말했다.

"위험한 놈이라 그래. 우린 그런 녀석들을 살인마라고 부르지." 낯짝이 설명했다. 시력이 나빠 썰매 맨 앞줄의 개들 너머로는 아무것도 볼 수 없었던 그로서는 비요르켄이 왜 곰을 두 마리나 준비했는지 의아할 뿐이었다. "곰들 중에도 더 위험한 놈들이 있거든. 개들도 그런 놈들 앞에서는 무서워서 감히 짖지를 못하지. 라스릴, 어서 총을 쏴."

라스릴은 썰매 발치에 놓여 있던 89년식 소총을 거머쥐었다. 이어 어깨에 총을 얹은 채 무릎걸음으로 두 마리의 거대한 맹수를 향해 다가가기 시작했다. 100여 미터 앞까지 접근했을 때, 그가 어깨 너머로 소리쳤다.

"낯짝, 이정도 거리면 충분히 가까운 거죠?"

"조금 더 다가가. 괜찮을 거야. 일단 살인마부터 쏴. 그런 놈들은 자기 몸길이의 세 배나 멀리 뛰니까." 낯짝이 대답했다.

라스릴은 곰을 향해 몇 발짝 더 다가갔다. 눈 더미에 들러붙은 양 꿈쩍도 않는 놈을 왜 먼저 쏴야 하는지 이

해가 되지 않았지만, 학구열에 불타는 수습생들이 으레 그렇듯 그는 낯짝이 곰의 습성에 관해 자기보다 훨씬 많이 안다고 믿었다. 움직이지 않는 곰이 벙어리처럼 입을 다물고 있는 반면, 다른 녀석은 뒷발로 일어서서 거만하게 으르렁거리고 있었다. 그 모습을 보고 라스릴은 문득 깨달았다.

미동도 없는 곰은 영리한 녀석이었다. 그럼 그렇지! 두 번의 도약만으로도 적을 공략할 수 있을 만큼 라스릴이 가까이 다가오기를 기다리고 있는 것이었다. 한편 다른 한 녀석은 허세를 부리며 폼만 잡는 풋내기였다. 낯짝이 옳았다. 라스릴은 몇 미터 더 가까이 다가가 어깨에 총을 얹고 방아쇠에 걸쳐 있던 검지를 끌어당겼다. 그런데 총알이 나가지 않았다. 몇 번이나 다시 시도해봤지만 허사였다. 라스릴은 겁에 질려 낯짝을 향해 고개를 돌렸다.

"총이…… 작동이 안 돼요!"

그 말에 낯짝은 자신의 총을 들어 보였다.

"장전을 해!" 그가 소리쳤다. "그럼 대부분은 해결돼."

극도로 흥분한 터라 라스릴은 부끄러워할 겨를도 없었다. 그는 서둘러 노리쇠를 뒤로 당기고 탄창에 탄약을 밀어 넣었다. 이어 한쪽 눈은 위험한 녀석에게, 다른 한쪽 눈은 뒷발로 선 채 앞발로 개들을 위협하는 젊은 곰에 고정했다.

라스릴은 다시 한 번 꼼짝 않는 녀석을 겨냥해 방아쇠를 당겼다. 이번에는 총이 제대로 작동되었다. 첫 번째 총알은 곰의 머리 위를 아슬아슬하게 스치고 지나가 비요르켄의 뒤편으로 몇 센티미터 떨어진 얼음덩이에 박혔다. 두 번째 총알은 곰 앞쪽으로 1미터 떨어진 지점을 맞히며 눈 속에 깊은 고랑을 만들었다. 모두가 살인마라고 부르는 영리한 곰을 쓰러뜨린 것은 세 번째 총알이었다.

라스릴은 잔뜩 흥분해서 낯짝을 향해 돌아섰다.

"낯짝, 봤어요? 내가 놈을 맞혔어요!"

낯짝은 대답하지 않았다. 거리가 꽤 가까워지면서 그도 춤추는 그림자처럼 살아 움직이는 곰을 보게 된 터였다. 그때 날카로운 비명이 들려왔다. 곰이 개를 붙잡은 모양이었다.

"저게 뭐야?"

라스릴은 자기 개가 빙판 위로 날아가는 모습을 보았다. 애처로운 울음소리가 들리는가 싶더니 개가 커다란 포물선을 그리며 얼음 더미 너머로 날아갔다. 비요르켄이 몇 분 사이의 참사를 목격하고 공포감에 초주검이 되어 엎드려 있던 곳이었다.

"비열한 놈, 감히 내 개를 죽이려고?" 라스릴은 이를 악물고 위협적인 태도로 포효하는 곰에게로 다가갔다.

낯짝은 화석처럼 굳어버렸고, 비요르켄은 놀라 휘둥그레진 눈으로 얼음 더미 너머의 수습생을 바라보았다.

라스릴은 머리끝까지 화가 나 있었다. 곰 사냥개이자 우두머리 썰매개가 죽은 게 확실했기 때문이다. 이런 일을 당하고도 살아남을 개는 없었다. 그는 곰을 향해 으르렁거리며 허리춤에 찬 총을 들었다. 다시 총성이 울렸고, 총알은 도약하던 곰의 목덜미를 스쳤다. 라스릴의 발치에서 불과 몇 미터 떨어진 곳에 착지한 곰은 맹렬하게 울부짖으며 적을 향해 돌진했다.

낯짝이 총을 들고 소리쳤다.

"라스릴, 도망쳐! 놈이 널 덮치잖아!"

"그렇게는 안 될걸요." 라스릴은 곰의 머리를 겨누고 또다시 방아쇠를 당겼다.

비요르켄은 은신처를 빠져나와 떨리는 손으로 호주머니에서 담배쌈지를 꺼내고는 씹는담배 두 덩어리를 윗입술 안쪽에 집어넣었다.

낯짝이 죽은 곰 옆으로 다가가 앉았다. 그는 가죽 모자를 벗어 이마의 땀을 닦으며 라스릴에게로 고개를 돌

렸다. 뭔가 축하의 말을 건네고 싶었다. 먼 훗날 노인이 된 라스릴이 최초의 곰 사냥을 떠올리며 기억할 만한 근사한 말을. 하지만 아무 말도 떠오르지 않았다. 하는 수 없었다. 그는 두 팔을 벌려 보인 뒤 사냥칼을 꺼내 들며 말했다.

"자, 이제 가죽을 벗겨볼까?"

따뜻한 곰을 해체하고 나자, 라스릴은 나머지 녀석도 처리하자며 고집을 부렸다. 낯짝이 그냥 썰매 뒤에 매달아 끌고 가자고 했지만 사냥꾼 라스릴은 도무지 들으려 하질 않았다.

"어라, 곰이 꽁꽁 얼었는데요!"

곰을 만져보고야 녀석이 뻣뻣하게 굳은 걸 깨닫고 라스릴이 놀라 소리쳤다.

낯짝은 피오르를 향해 시선을 돌리고 최선을 다해 모른 척했다.

"안개가 낄 것 같아." 그가 말했다. "사냥감을 챙겨 얼른 돌아가는 게 좋겠어."

"놈이 완전히 뻣뻣하게 굳었다니까요!" 라스릴이 거듭 말했다.

"뻣뻣하다고?" 낯짝은 네발을 벌린 채 드러누운 곰

을 내려다보았다. "그래?"

"왜 벌써 뻣뻣해졌죠? 이상하지 않아요?"

"이상하긴 뭐가 이상해? 하나도 안 이상해. 방금 해체한 녀석은 따뜻한 피를 가졌고, 이놈은 차가운 피를 가져서야. 위험한 살인마는 죄다 차가운 피를 가졌지. 인간도 마찬가지야. 냉혈한이라는 말이 왜 나왔겠어?"

라스릴이 고개를 끄덕였다.

"그렇군요. 난 그냥 말이 그렇다는 줄 알았죠." 라스릴은 곰에 칼을 박아 넣으려 했지만 칼날이 부러져버렸다. "이 녀석은 가죽을 벗기기가 쉽지 않겠어요."

"일단 놈을 집까지 끌고 가자고. 거실에 좀 놔두면 녹을 테니까 해체는 그때 가서 하면 돼. 비요르켄이 도와주면 일이 훨씬 수월할 거야."

라스릴과 낮짝은 먼저 해체한 고기를 썰매에 싣고 뻣뻣하게 굳은 녀석은 가죽 위에 올린 뒤 비요르켄보르를 향해 천천히 움직였다. 비요르켄 섬 쪽으로 오르는 길에 낮짝이 라스릴의 어깨에 손을 얹고 말했다.

"이제 여기서 몇 년 더 살겠네? 진짜 사냥꾼이 됐으니까."

라스릴은 행복한 미소를 지었다.

"난 나중에 비요르켄보르의 기지 대장이 될 거예요.

물론 우리 노인장이 은퇴하고 나면요."

비요르켄보르에 도착하자, 비요르켄이 문간에서 반
갑게 두 사람을 맞이했다.

"염병할!" 사냥 결과에 놀란 듯 비요르켄이 소리쳤
다. "누가 이놈들을 이렇게 만들었지?"

"누구긴 누구야? 라스릴이지!" 낯짝이 대답했다. 그
가 비요르켄에게 윙크를 보내자 비요르켄도 윙크를 했다.

"이놈은 꽤 큰데? 그런데 이게 어떻게 된 거야? 벌써
얼었잖아!"

"응, 차가운 피를 가져서 그래." 낯짝이 또다시 윙크
를 하며 대답했다.

비요르켄이 라스릴의 어깨에 팔을 얹었다.

"친구, 최고급 모피는 누구한테 줄 거야? 처음 사냥
한 곰은 절대 팔지 않는 거야. 알지? 이런 건 사랑하는
사람에게 주는 거라고."

"엄마한테 줄 거예요. 늘 모피를 갖고 싶어 하셨거든
요."

비요르켄은 몸을 숙여 손가락으로 모피를 뒤적였다.

"정말 기막히게 예쁜 모피가 되겠구먼! 엄마가 부피
가 얼마나 되는지는 몰라도 가죽이 모자랄 걱정은 안

해도 되겠어!"

"살집이 꽤 있는 편이에요." 라스릴이 대답했다. "스웨덴분이시죠." 그 목소리가 자못 당당했다.

비요르켄과 낯짝의 시선이 교차했다. 두 사람은 백곰 한 마리를 통째로 두른 거대한 몸집의 스웨덴 여자를 상상하고는 거의 동시에 고개를 끄덕였다.

"멋지네! 에스키모들도 곰 가죽으로 아노락 점퍼와 바지를 만들지. 여성용 모피라고 왜 못 만들겠어?" 낯짝은 개들을 묶어놓기 위해 썰매 발판에서 사슬을 풀기 시작했다. "엄마가 예뻐진 걸 보고 아랫동네 여자들 사이에 곰 코트가 유행하겠어."

"하, 정말 노련한 동료가 생겼네. 실전 경험까지 풍부하고 말이야! 낯짝, 이제 새 수습생을 구해야겠지?"

라스릴은 동료들의 이야기를 가만히 듣고만 있었다. 너무나 감격스러워 말이 나오지 않았다. 더는 눈물을 주체하지 못하겠다는 생각에, 그는 집 뒤로 달려가 별채 오두막에 등을 기대고 훌쩍이기 시작했다. 너무 행복해서였다.

음악회가 열리는 집

—

음악이 인간의 품행을 부드럽게
만든다는 증거

닥터는 이동 발전기 안장에 앉아 열심히 다리를 놀리
며 페달을 밟았다. 모르텐슨 무전기사의 무선송신기에
전류가 흐르기 시작한 역사적인 순간이었다.

룸펠곳의 라디오 기지가 첫 번째 메시지를 발신했다.
모르텐슨이 공식 성명의 형식을 빌려 마구잡이로 띄운
이 메시지는 오랫동안 지속되던 그린란드 북동부의 고
립이 종지부를 찍었으며, 그날을 기점으로 그린란드 북
동부와 세상 간의 접촉이 언제든 가능해졌음을 널리 공
포하는 내용이었다.

모르텐슨은 불특정 다수를 향한 이 지저귐이 하와이와 중국, 콩고, 런던, 파리와 스키베까지 전송된다고 주장했다. 이번 일이 그린란드 북동부의 주민들은 물론 전 세계 사람들에게 큰 기쁨과 훌륭한 여흥거리를 줄 중대한 사건이라며, 전 세계가 자신의 의견에 동의할 거라고 그는 확신했다.

그린란드 북동부에 송신기가 설치된 것은 어느 한 남자의 끈질긴 투쟁 덕분이었다. 덴마크의 국회의원 룸펠은 수년간 이 기회를 기다려온 터였다. 그는 언젠가 덴마크의 소외된 소수자를 위한 수호자들의 신전에 반드시 자신의 이름이 등재되리라 믿었고, 따라서 야당이 그린란드 남부의 양 사육자들을 위해 개선되어야 할 자질구레한 법안을 보란 듯이 통과시켰을 때 다음과 같이 못 박았다. "그러면 그린란드 북동부는 어떻게 해야 할까요? 그 광활한 지역에 누구 하나 관심을 가져준 사람이 있습니까?" 그는 연단에 올라 불타는 투지와 들끓는 열정으로 영감에 이끌려 한 시간 가까이 연설을 늘어놓았다. 일단 노르웨이를 본보기 삼고 자신의 섬세한 면모를 총동원하여, 방대한 연안 일대와 만년설이 쌓인 산, 얼음길을 눌러 부수며 후방을 뒤덮고 사방의 기온을 현저히 떨어뜨리는 빙하를 생생히 묘사했다. 이어 오랜 기간 덴마크 국기가 휘날리지 않았던 것을 빌미로 연안 일대를 소유하려 드는 몇몇 형제 국가들을 들먹이며 그린란드 북동부에 가해지는 외세의 압박을 지적했는데, 비록 국가 이름을 직접적으로 밝히지는 않았지만 이러한 비유는 그린란드 북동부를 다른 나라가 차지했을 경우 지극히 암울해질 덴마크의 미래를 암시하기에 충분했다. 연설은 나쁘지 않았고, 이에 고무된 기자 몇이 「덴마크 국기는 어디로 갔나?」라는 제목으로 기사를 작성했다.

룸펠 의원이 여름휴가 전에 한 이 연설은 공들여 준비된 것이었다. 가슴을 울리는 그의 연설이 각종 언론사 기자들을 자극하여 자성의 시간으로 이끌었다. 어떤 기자들은 중간중간 메모까지 해가며 연설의 일부를 정확히 인용하려는 의지를 보였다. 룸펠 자신조차 그 연설에 감동했다. 몇 년 전부터 홀아비로 지내던 그로서는 연안의 사냥꾼들이 극복해야 할 고립감에 마음 깊이 통감하지 않을 수 없었다. 룸펠은 사냥꾼들의 비인간적인 작업 환경과 혹독한 기후, 광활한 장소에서 벌어질 직무상의 위험을 언급하며, 그린란드 북동부의 사냥꾼들을 배제한 채 부유한 양 사육자들만을 위해 새로운 법률을 고안해낸 야당의 몰지각함에 놀라움을 표했다.

룸펠의 연설이 끝났을 때 장내에 눈물이 고이지 않은 눈은 없었다. 기자들은 너 나 할 것 없이 잉크병으로 달려들었다. 누군가는 룸펠의 말이 순진한 이상주의자의 생각이라며 비방하기 위해서였고, 다른 누군가는 거국적인 모금을 촉구하기 위해서였다.

가을이 가는 동안 이 일은 국가적 차원의 문제로 확장되었다. "그린란드 북동부에 사는 동포들의 고립을 끊어내자"는 룸펠의 연설은 언론의 뜨거운 반향을 불러일으키며 덴마크 국민의 마음을 사로잡았고, 룸펠 의원은 수많은 지지자를 얻었다. 당원들의 찬사 속에서 그는 개를 모는 종족을 위한 새로운 법률을 준비할 위원회의 의장으로 선출되었다.

사냥꾼들의 이익을 도모하는 위원회가 구성되자 룸펠은 사냥 회사 대표에게 전문가적 도움을 요청했다. 그동안 모금 활동도 원활하게 이루어져 이제는 라디오 기지국을 세울 적당한 위치를 찾는 일만 남아 있었다. 룸펠 의원의 질문에 사냥 회사 대표는 한순간의 망설임도 없이 지도를 향해 엄지손가락을 뻗더니, 삽처럼 생긴 손톱으로 이 소통 기구가 들어서야 할 장소를 짚어냈다. 확신에 찬 그의 태도에 회의에 참석한 다른 이들은 사냥 회사 대표가 안테나 설치에 걸림돌이 될지 모를 여러 제약 사항과 자기장의 강도, 항공 여건 등을 충분히 고려했으리라 추측했다. 그리하여 라디오 기지국의 부지 선정에 이의를 제기하는 이는 아무도 없었다. 룸펠 의원 또한 고개를 끄덕이며 회사 대표의 손톱에 가린 이름 없는 작은 반도를 응시하고는, 회의에 참석한 사람들을 향해 이 기회에 아예 반도에 이름을 지어주면 어떨까 물었다. 룸펠의 비서는 그 즉시 '룸펠곶'이라는 이름을 제시했다. 룸펠 의원은 예의상 애매모호하게 말끝을 흐렸지만 회의가 끝나기도 전에, 그것도 만장일치로, 이 이름 없는 작은 반도에 '룸펠곶'이라는 환상적인 이름이 붙었다. 이후 망망대해의 작은 반도는 룸펠곶이라는 이름으로 지도에 새겨져 국립 지리학회에 보고되었다.

그해에 베슬 마리호는 두 차례 운항했다. 첫 번째 운항은 룸펠곶 라디오 기지 건설에 필요한 물자와 목수 둘을 실어 나르기 위해서였고, 두 번째 운항은 연안에 투입할 새로운 기지 대원들과 식량을 실어 나르기 위해서였다.

모르텐슨 무전기사는 카키색 옷을 입고 도착했다. 하기야 그는 늘 카키색 옷을 입었다. 그는 세계 곳곳을 여행한 노련한 사내요, 갑판 위에서 사물의 본질을 체득한 사람이었다. 그에게는 세상천지가 자기 집과 같았다. 배가 싱가포르에 도착하든 카라카스에 도착하든 그는 늘 같은 방식으로 라디오 기지를 건설했고, 선상에서와 다름없는 삶을 살았다.

모르텐슨이 룸펠곳에서 일하게 된 것은 그가 마지막으로 탄 배가 피레우스에서 어느 그리스 선주에게 팔렸고, 마침 그린란드의 무전기사 협회에서 보내온 공석 목록의 맨 윗줄에 룸펠곳이 적혀 있었기 때문이었다.

모르텐슨에게 그린란드 북동부는 새로운 발견이 아니었다. 이미 높은 산과 표류하는 빙산, 사람이 살지 않는 지역에 가보기도 했고, 원체 쉽게 놀라는 성격도 아니었다. 룸펠곳에 도착하자마자 그는 늘 하던 대로 기지국을 정비했다. 먼저 송신기와 수신기를 놓을 탁자를 마련했다. 탁자 뒤는 언제나처럼 『원거리 통신 관례집』과 『해상 용어집』이 꽂힐 책장의 자리였다. 벽에는 전 세계의 라디오 기지국이 표시된 지도가 붙었고, 그 밑에는 서랍 네 개가 딸린 침대가 배치되었다. 홍콩에서 사 온 흰색과 빨간색 종이 장미 다발이 잼 병에 꽂히고, 작업 계획표 밑에는 담배 파이프를 담아둘 버드나무 바구니가 놓였다. 방 정리를 마친 뒤 침대로 오른 그는 자기 집에 온 듯 마음이 편안해지는 것을 느꼈다.

마침내 룸펠곳이 대중에게 공개되는 날이 왔다. 모르텐슨은 개통식 날을 10월 1일로 정했다. 오픈 당일, 기지는 수많은 인파로 붐볐다. 다들 라디오 수신기가 놓인 작은 방 안에 옹기종기 모여서 게걸스러운 눈으로 모르텐슨의 일거수일투족을 지켜보았다. 모르텐슨은 회전의자에 커다란 엉덩이를 붙이고 앉아, 탁자 위에 올려놓은 다리를 흔들며 송수신기의 손잡이를 움켜잡았다.

"닥터, 시작해!" 모르텐슨의 신호에 조수 에사야스 안데르센이 움직이기 시작했다.

관중의 시선이 깜빡이는 기계 램프로 일제히 옮겨 갔다. 모르텐슨이 송수신기의 계기판에 붙은 온갖 버튼을 돌리며 조정하는 모습을 보며 사냥꾼들은 하나같이 입을 다물지 못했다. 그들은 송수신기의 손잡이가 올라갔다 내려가는 것을 보았고, 볼륨 조절 장치를 최대치로 올리면 얼마나 신경에 거슬리는 소리가 나는지도 들었다. 무전기사가 송수신기를 두드릴 땐 작은 안테나 표시등에서 붉은빛이 번쩍였다.

"염병할, 엄청난 발명품이네." 어떤 일에도 평정심을 잃지 않는 매스 매슨이 나지막한 목소리로 중얼거렸다. "모르텐슨이 정직한 사람이라는 걸 몰랐다면 눈이나 홀리는 속임수라고 생각했을 거야."

모르텐슨이 닥터라고 부르는 에사야스 안데르센은 배운 대로 발전기 안장에서 힘차게 페달을 밟았다. 그는 동료만큼 많은 곳을 여행한 사람은 아니었다. 핀섬 사이클 일주에 참가했다가 체류 기간을 연장해 두어 번 소풍을 나간 것을 제외하면 대부분의 날들을 케르테미네에서 보낸 사내였다. 직업은 자전거 수리공이었지만, 적성은 구급대원이나 음악가에 더 가까웠다. 그는 〈핀 일보〉를 구독하는 지인으로부터 국가가 광활한 식민지를 관리할 인재를 찾는다는 정보를 얻었다. 때마침 변화가 필요했던 그는 그 길로 사냥 회사 사무실을 찾아갔다. 그리고 그곳에서 사이클 선수 자격으로 이론 및 실기 시험을 치렀고, 적십자 겐토프테 지회장을 아내로 둔 회사 대표가 구두로 던지는 엄격한 의학 시험에 답했다. 마침내 그는 합격해 회사에 채용되었다. 그러곤 한 달도 못 되어 베슬 마리호에 몸을 실었다.

닥터는 모르텐슨처럼 쉽게 적응하지 못했다. 그린란드 해안을 보자마자 갑판에 팔을 괴고 선 채 불안에 떨던 그는, 며칠 내내 우수에 젖어서 겐토프테 북부의 해변을 그리워했다. 그를 불안하게 만든 요소 중에는 모호하면서도 다양한 임무도 포함되어 있었다. 일단 그는 모르텐슨을 위해 페달을 밟아야 했다. 더하여 연안의 주치의로 내과의, 외과의, 치과의가 되어야 했고, 어디를 가든 도착한 곳의 얼음 두께를 측정해야 했다. 계약서에 명시된 바에 따르면, 이 모든 일이 그가 수행해야 할 "폭넓은 업무의 범위"에 해당되었다.

회사는 실질적인 이유를 들어 룸펠곳에 개를 두지 말라고 조언했다. 닥터와 모르텐슨이 사냥꾼이 아니므로 썰매개들에게 필요한 먹이를 자급자족하지 못하리라 확신했던 것이다. 그 대신 실험을 해보라며 자전거를 한 대 내주었는데, 아직까지 북극에서 사용된 바 없는 자전거가 유용한 운송수단으로 확인될지도 모른다는 희망에서였다. 오직 실험 목적으로 닥터의 손에 들어온 이 자전거는 2단 기어에 핸들, 브레이크, 짐받이 가방을 고루 갖춘 고성능 제품이었다. 덴마크에서 자전거를 보았을 때 닥터는 감탄을 금치 못했지만, 지금은 사정이 달랐다. 그는 별채 오두막에 기대어 세워진 번쩍번쩍한 새 자전거를 볼 때마다 근심에 사로잡혔다. 사방이 얼음인 그린란드 북동부에서는 걷기조차 힘들었다. 그런데 자전거가 무슨 쓸모가 있을까?

그러나 개통식 날 닥터의 근심은 깨끗이 사라졌다. 그는 즈크 바지에 사이클용 죔쇠를 달고 발전 자전거 안장에 안정적으로 올라탔다. 그러곤 핀섬 일주에 출전했을 때처럼 힘차게 페달을 밟았다. 적어도 이 업무만큼은 온전히 자신의 능력으로 감당할 수 있었다.

룸펠곳의 무전기사가 전송한 첫 번째 가냘픈 신호는 대기를 날아올라, 모르텐슨이 관중에게 설명했듯이 전리층을 건드리고 큰 각도로 꺾여 지구로 되돌아왔다. 이 라디오 전파 중 하나가 운 좋게 덴마크의 프레데릭스하운에 가닿으며 구세계와의 첫 접촉이 이루어졌다.

개통식 날 저녁 모르텐슨은 덴마크와 미국에 사는 사람들과 이야기를 나누었고, 실수로 주파수 안에 들어온 일본 해군기지와도 교신했다. 사냥꾼들은 숨을 죽인 채 들려오는 모든 소리에 귀를 기울였다. 모르텐슨이 교신을 끝낸 순간에는 저마다 감격해서 어쩔 줄 몰랐고, 일상과는 거리가 매우 먼 일을 실현해낸 이 무전기사에게 어떤 말을 건네야 할지도 몰랐다. 그래서 그들은 페달과 씨름하느라 온몸이 땀으로 흥건한 조수의 방으로 달려갔다.

"여기서도 들렸어?" 시워츠가 잔뜩 흥분해서 물었다. "모르텐슨은 마술사야! 이 막사 안으로 온 세상 사람들을 불러들였다고! 손잡이로 불빛을 깜박여서 온갖 언어로 교신을 한다니까!"

닥터는 목덜미에 두른 수건을 풀어 얼굴에서 쏟아지

는 땀을 닦았다. 그는 내심 실망스러웠다. 아무도 자신이 이뤄낸 업적에는 관심을 보이지 않아서였다. 그가 생각하기에 전신 기술의 가장 큰 고충은 바로 이 방 안에 있었다. 전신기 버튼을 두드리는 일은 결코 예술이 될 수 없었다. 어떤 바보도 배우면 할 수 있는, 검인檢印처럼 저급한 일이었다. 반대로 자전거에 앉아서 페달을 밟아 발전기를 작동시키는 일은 큰 재능을 필요로 하는, 아무나 할 수 있는 일이 아니었다.

"전력은 충분했어?" 그가 물었다.

"그럼, 넘치고도 남았지." 시워츠는 두 팔을 벌려 보였다. "엄병할, 모르텐슨은 재주가 엄청 많아. 어떻게 저렇게 전류를 알맞은 길이로 탁탁 끊어낼 수 있지? 나도 저 아래 낙스코우의 숙모님께 안부를 보냈어. 모르텐슨 말로는 몇 시간 뒤면 내가 보낸 메시지를 숙모님이 받아볼 수 있을 거래." 그가 웃으며 말을 이었다. "비요르켄은 몰스에 사는 약혼녀에게 전보를 쳤어. 15년 동안이나 못 본 여자한테! 하하, 얼마나 놀랐을까! 전보 내용이 '멋진 밤에 감사'였거든. 어떻게 생각해? 정말 기억력 한 번 좋은 녀석이지? 고마워할 줄도 알고 말이야."

닥터의 공적은 대화의 소재도 되지 못했고, 어떤 반향이나 찬사도 얻지 못했다. 반면 저녁 커피를 마시고 난 뒤 그가 연주한 음악에는 모두가 열광했다. 애국가와 동요 같은 가벼운 것들이었지만, 사내들은 저마다 파르르 입술을 떨며 눈시울을 적셨다.

닥터는 음악에 재능이 있었다. 그가 큼지막한 톱날을 구부려 활로 문지르자 모두가 마법에라도 걸린 듯 감동해서는 갑자기 없던 애국심을 되찾거나 어린 시절로 되돌아갔다. 그에게는 자기 영혼의 낭만주의자적 기질을 활질에 몽땅 쏟아부어 낮은 천장 아래를 선율로 뒤흔드는 재주가 있었고, 그가 연주하는 음악은 진한 감동을 주며 청중의 머릿속을 헤집고 다녔다. 감상자들 중에는 흥을 이기지 못하고 노래를 따라 부르는 사람도 여럿 있었는데, 그러다가 결국은 진정한 음악 애호가들로부터 조용히 하라는 지적을 받았다.

밤이 되어 모두 잠자리에 들자 닥터는 혼자 집 밖으로 나갔다. 그는 텅 빈 썰매에 앉아 어둠에 몸을 맡겼다. 깊은 밤의 어둠이 추억을 불러일으키며 그를 음악으로 한층 가까이 이끌었다. 닥터는 산과 바다를 건너 룸펠곳 너머로, 먼 허공 속으로 뛰어들었다. 어느새 그는 시베리아의 한 해변에, 켄토프테 근교의 한 작은 마을에 가 있었다. 30년 전, 그가 태어나 핀섬의 비옥한 땅에 뿌리를 내린 곳이었다. 그는 썰매에 앉아 두 눈을 크게 뜨

고 어둠을 응시했다. 그러자 자갈로 뒤덮인 좁은 해변과 잘게 부서지는 파도와 어선 뒤를 쫓으며 울부짖는 갈매기들이 시야에 들어왔다. 그는 얼굴을 어루만지는 한여름 밤의 미풍에, 초원에서 실려 오는 꽃향기에, 신선한 바다 냄새에 취했다. 이 모든 것들이 곧 자기 자신이라는 느낌이 들었다. 이전에는 한 번도 맛보지 못한 감정이었다. 이렇게 그는 한동안 황량한 북극 땅을 떠나, 형형색색의 이미지로 가득한 행복한 꿈에 빠져들었다.

개통식을 마친 모르텐슨과 닥터는 일상의 체계를 세웠다. 두 사람은 오전을 전신 업무에 할애했다. 이 시간 동안 닥터는 페달을 밟았고, 모르텐슨은 송수신기의 버튼을 손가락으로 두들겼다. 일을 마치면 식탁에 앉아서 커피를 마시고 그날의 일과를 점검했는데, 이 하루 일과는 금세 매일 똑같은 것이 되었다. 커피를 다 마신 뒤에는 모르텐슨이 식사를 준비했고, 식사가 끝난 뒤에는 닥터가 설거지를 했다. 그러다가 모르텐슨이 단파로 교신을 시도하면 닥터는 자전거 페달 밟을 준비를 했다. 룸펠곳에서의 생활은 별다른 마찰 없이 하루하루 지나갔다. 계약서에 명시된 앞으로의 2년도 지금처럼 조화로울 것 같았다. 하지만 이것은 음악에 대한 닥터의 열정을 고려하지 않았을 때의 얘기였다.

첫 한 달간 모르텐슨은 저녁마다 반복되는 음악 감상 시간이 피로 회복에 도움이 되리라 생각했다. 그런데 닥터가 보다 본격적인 작품을 연주하자 이 아마추어 연주자의 흐느끼는 듯한 선율이 그의 마음을 무겁게 짓누르기 시작했다. 모르텐슨은 문을 잠그고 라디오 기지의 성소에 틀어박혔다. 톱질 소리를 지우기 위해 수신기의 볼륨을 높였고, 버드나무 바구니에서 파이프를 꺼내 문 채 이를 앙다물었다. 그러나 수신 가능한 온갖 라디오 기지를 찾아내 볼륨을 최대한 높여도 소용없었다. 닥터가 활을 움직여 내는 음울한 선율은 벽을 뚫고 들어와 모르텐슨의 신경을 여러 동강으로 난도질했고, 작은 방은 회오리바람처럼 생생하게 울려 퍼지는 음악 소리에 잠식당했다.

그러다 결국 전쟁이 터졌다. 11월, 밤이 길어질 무렵이었으니 이는 곧 닥터의 콘서트도 그만큼 길어지고 있음을 의미했다. 천만다행으로 피오르에 얼음이 얼기 시작했다. 닥터로서는 죽도록 하기 싫은 일이었지만, 그렇다고 얼음 두께 측정을 마냥 미룰 수는 없었다. 모르텐슨은 이 고된 일을 상상하는 것만으로도 기뻤다. 얼음 측정에는 꽤 긴 시간이 필요해 보였다. 그러니 적어도 반나

절은 조용히 지낼 수 있을 터였다. 하지만 상황은 그의 생각과 전혀 다르게 흘러갔다.

닥터는 자전거를 타고 전속력으로 달려갔다. 바퀴가 둘 달린 이 운송 수단은 제어만 잘한다면 놀라운 속력을 낼 수 있었다. 빙판 위에서의 유용성이 입증된 셈이었다. 자전거 덕분에 닥터는 기록적인 속도로 측정 장소까지 갈 수 있었으니, 그가 얼음에 구멍을 내고 관측하고 돌아오기까지 걸린 시간은 모르텐슨이 바라 마지않던 수준의 3분의 1도 되지 않았다.

한편 톱질에 대한 닥터의 열정은 강박적인 집착으로 변해갔다. 사막처럼 펼쳐진 북극의 평원에서는 이제껏 가본 다른 어떤 곳에서보다 귀가 음악에 훨씬 더 민감하게 반응한다는 사실을 그는 깨달았다. 더군다나 그동안은 청각에 머물던 음악이 시각적 체험으로까지 이어졌다. 경이롭다는 표현만으로는 부족한 놀라운 경험이었기에 닥터는 악기를 도무지 가만히 내버려둘 수가 없었다.

결국 모르텐슨은 방해 공작을 펼치기에 이르렀다. 수신기에서 울음소리를 찾아내 볼륨을 최대한 높이고 그 끔찍한 탄식에 맞춰 계기판의 바늘을 오르락내리락하게 만들었다.

이 소리가 닥터를 망가뜨리기 시작했다. 그는 더 이상 악보에 집중할 수 없었고, 음악을 통한 시각적 상상도 불가능해졌다. 결국 닥터는 깊은 우울증에 빠졌다.

그러던 어느 날, 그가 모르텐슨의 방문을 두드리더니 정중하게 물었다.

"대장, 오늘 저녁엔 그 울음소리 좀 안 들을 수 없을까? 연습을 좀 하고 싶어서."

모르텐슨은 뒤도 돌아보지 않고 대답했다.

"닥터, 연습이 하고 싶으면 얼마든지 해. 난 괜찮으니까. 그런데 혹시 이거 무슨 곡인지 알겠어?" 모르텐슨이 버튼을 돌리며 물었다. "이 곡 이름이 뭐지?"

"글쎄, 아무 곡도 아닌 것 같은데……." 닥터가 코를 훌쩍이며 대답했다.

"무슨 소리야? 농담이지? 「달빛에서」잖아. 그래도 모르겠어? 이래서야 음악가라고 할 수 있나." 모르텐슨이 웃으며 말을 이었다. "그럼 이 곡은?"

닥터는 조용히 문을 닫았다. 그는 낙담한 얼굴로 바닥에 주저앉아 자기가 악기로 사용하는 1미터 길이의 2인용 톱을 오랫동안 바라보았다. 그동안에도 모르텐슨의 라디오는 계속해서 그의 귀를 괴롭혔다. 연주를 하고 싶은 마음은 간절했지만, 모르텐슨의 방에서 들려오는 끔찍한 소리에 맞춰 음을 고를 엄두가 나지 않았다. 그렇게 한 시간이 지난 뒤, 그가 다시 모르텐슨을 찾아 갔다.

"왕진차 나갔다 올게."

"그래, 다녀와, 닥터." 모르텐슨이 뒤돌아보며 반가운 미소를 지었다. "망설이지 말고 얼른 다녀와. 톱도 꼭 챙기고. 가는 길에 연주를 하고 싶어질지도 모르잖아."

그날 저녁 닥터는 침낭과 의약품 상자를 짐받이에 묶고 자전거에 올라 피오르를 향해 전속력으로 달렸다. 반도를 가로지르는 동안에도 모르텐슨의 광기 어린 울음소리가 귓가에서 도무지 사라지지 않았다.

이 여행은 닥터에게 깊은 성찰의 계기가 되었다. 그는 모르텐슨을 향한 증오심에 이를 악물고 기지를 떠난 터였다. 그런데 새로 언 단단한 빙판을 달려 협로로 접어 들고 로스만灣 길을 따라 쇠렌슨곶을 향해 가는 동안, 생각이 추위에 산산조각 나며 모르텐슨의 고통이 조금씩 이해되기 시작했다.

증오심을 품은 채 자전거를 타고 꽁꽁 언 바다를 건 널 수 있는 인간은 이 세상에 없다. 닥터는 속도를 늦추고 달빛 아래 형광빛으로 물든 풍경을 감상했다. 그러자 기분이 한결 나아졌다.

그는 쇠렌슨곶에 도착해 다리를 쉬었다. 때마침 이른 아침의 허기가 내장을 물어뜯었다. 그는 룸펠 의원이 두 사람에게 개인적으로 선물한 알코올램프에 불을 붙이고 귀리죽을 잔뜩 만들었다. 그러곤 마지막 한 스푼을 삼키기 전까지, 모르텐슨을 음악 속으로 끌어들일 치밀한 계획을 세웠다.

닥터는 로스만의 로이비크를 찾아갔다. 로이비크는 더할 나위 없이 건강했지만 비상시를 대비해 대구 간유 한 병을 챙겨 받는 권리를 누렸다. 이틀간 로이비크와 카드놀이를 한 다음, 닥터는 융숭한 대접에 감사를 전하고 집으로 돌아왔다.

사실 모르텐슨은 파리도 못 잡을 만큼 순하고 예민한 사람이었다. 하루 종일 성찰의 시간을 가진 그는 자신의 짓궂은 행동이 얼마나 지나쳤는지를 인정하지 않을 수 없었고, 이 집안의 평화를 유지하기 위해서는 무선 교신이 아닌 다른 방식의 소통에 전념해야 한다는 사실을 깨달았다. 음악에 대한 열정이 다소 과하긴 해도 닥터는 더없이 상냥하고 친절한 사람이었다. 향후 2년 동안은 같이 지낼 동반자로 꽤 괜찮을 터였다.

모르텐슨은 흰 건포도 빵을 굽고 갈매기 날개로 만

든 빗자루로 집 안을 쓸었다. 물통과 석탄 상자를 채우고 도끼질로 현관의 얼음도 제거했다. 모두 동료를 기쁘게 하기 위한 배려였다. 하지만 일을 하는 동안에도 톱질 소리가 따라다니는 것 같았다. 느리고, 단조롭고, 흐느끼듯 비통하게 들려오는 그 소리는 실재하지 않는데도 견디기가 무척 어려웠다. 이어지는 며칠 동안 그는 톱날이 떨리며 내는 상상 속 소리 때문에 잠을 설쳤다. 그는 자기가 미쳐가고 있거나, 아니면 음악이 그의 내면에 길을 내는 중이라는 사실을 깨달았다. 첫 번째 가설은 받아들이기 힘들었기에 그는 두 번째 가설을 믿어보기로 했다. 그러던 어느 날 밤, 그는 늘 입는 바지에 양털 안감을 댄 카키 셔츠를 걸치고 전신 탁자에 앉아 악기를 그리기 시작했다. 설계도 작성은 밤새도록 이어져 늦은 아침이 되어서야 끝이 났다. 서둘러 커피 몇 잔을 들이켠 뒤, 그는 보급품을 담아둔 궤짝에 달려들어 작업을 시작했다.

에사야스 안데르센은 상기된 뺨에 용서를 구하는 듯한 미소를 진 채 룸펠곳에 도착했다. 두 사람은 서로 정중하게 안부를 물었고, 모르텐슨이 흰 빵을 내놓았을 때 닥터가 과하게 칭찬을 했다. 둘 다 지나치다 싶을 만큼 친절하고 상냥하게 굴었지만, 그때까지만 해도 서로 겉돌 뿐 마음을 터놓지는 못했다.

저녁 식사가 끝나자 모르텐슨이 방으로 들어갔다. 그는 아주 조심스레 문을 닫았다. 닥터는 설거지를 하고 커피 물을 끓였다. 못에 걸려 있는 톱의 매혹적인 자태에 손가락이 참을 수 없이 근질거렸지만 그는 유혹을 떨쳐버렸다. 적어도 그날 저녁만큼은 모르텐슨이 조용히 지낼 수 있게 배려해야 한다는 생각이었다. 아무리 아름다운 음악도 화해의 분위기를 망친다면 자제하는 편이 현명하지 않겠는가.

그런데 그가 커피에 물을 부으려는 순간, 모르텐슨이 닫고 들어간 문 안쪽에서 맑고 가느다란 소리가 새어 나왔다. 순수하고 숭고미까지 느껴지는 소리였다. 닥터는 눈을 감은 채 들려오는 소리에 자신을 내맡겼다. 그러자 비가 내린 뒤 히비스커스 꽃이 태양을 향해 꽃잎을 펼치며 사랑의 슬픔을 호소하는 모습이 떠올랐다. 감미롭고 섬세한 음률로 엮인 거미줄이 어느새 실내에 가득 드리워 있었다. 닥터는 자석에 이끌리듯 톱을 향해 돌아섰다. 그러곤 벽에 걸린 톱을 내려 떨리는 무릎 사이에 끼우고 번득이는 톱날을 활로 문지르기 시작했다.

탄식과도 같은 닥터의 연주는 신기하게도 무전실에

서 흘러나오는 불가사의한 소리와 아름다운 조화를 이루었다. 그야말로 수준 높은 즉흥연주의 진수였다. 화성과 대위법으로 이루어진 복잡한 춤이자 음계가 그리는 미로였고, 정제된 소리 기둥이요 나선형으로 하늘을 향해 오르는 음률의 향연이었다. 두 악기는 하모니를 이루며 황금빛 희열 속에서 절정에 달했다가, 울부짖는 소리와 함께 하강해 긴 여운을 남기며 장엄한 피날레를 장식했다.

닥터는 톱날의 마지막 진동이 잦아든 뒤에도 한동안 몸을 떨었다. 이윽고 그가 하늘에서 뚝 떨어진 듯 낯설게만 보이는 모르텐슨의 방문을 향해 고개를 돌렸다.

문 너머에 있던 모르텐슨은 자기가 발명한 소리 발생기의 버튼에서 손을 뗐다. 가슴 벅찬 기쁨을 느끼며, 그는 떨리는 손을 바구니로 가져갔다. 가장 좋아하는 파이프를 찾기 위해서였다.

연주를 하는 동안, 모르텐슨은 자기 영혼의 섬광을 보았고 닥터는 그를 이해하고 받아들였다. 이전에는 경험해보지 못한 교감이었다.

닥터가 기지로 돌아왔을 때 서로가 느꼈던 약간의 거북함도, 모르텐슨이 커피를 마시기 위해 어색하게 문을 열고 나온 순간 두 사람 사이에 감돈 긴장감에는 비할 바가 아니었다. 그들은 말없이, 눈도 마주치지 못한 채 커피를 마셨다. 긴장의 끈은 모르텐슨이 꺼내 온 럼주를 몇 차례 주고받은 뒤에야 늦춰졌다. 물끄러미 식탁을 바라보던 무전기사가 우물거리며 먼저 입을 열었다.

"저기, 네가 없는 동안 악기를 하나 만들었어. 대단한 건 아니고 그냥 심심풀이 장난감 같은 거야." 어색한 듯 그가 부자연스러운 미소를 지었다. "네가 없으니까 여기가 너무 조용하더라고. 그래서 앞으로 음악이라는 걸 감당해내려면 나도 연주를 해야겠다는 생각이 들었지."

닥터는 감동해서 고개를 끄덕였다. 이런 훌륭한 동료를 이 일대에서 또 찾을 수 있을까?

모르텐슨도 고개를 끄덕였다.

"어떤 소리가 나야 하는지 이제 좀 알겠어. 그런데 음이 정확하지가 않아. 사실 내가 음표를 읽을 줄 모르거든."

모르텐슨의 말에 닥터가 일어나 침대 밑에 있던 악보를 몇 권 가져왔다. 음표로 가득한 노트를 기지 대장 앞에 던지며 그가 말했다.

"그 음표 문제 말인데, 그건 금방 해결돼. 몇 시간이면 내가 다 가르쳐줄 수 있어."

"정말?" 모르텐슨은 악보 하나를 펼치고 경외심 가

득한 눈으로 그 불가사의한 기호들을 들여다보았다.

"오늘 바로 시작해도 될까?"

두 사람은 음표 공부로 남은 밤을 하얗게 지새웠다. 모르텐슨에게는 무척이나 새롭고 흥미로운 경험이었다. 타고나길 논리적이고 인내심 많은 그는 음계를 금세 이해했다. 아침이 되기도 전에 기초 지식을 전부 습득했고, 이튿날 새벽에는 비교적 쉬운 브람스의 몇몇 연습곡을 연주하기에 이르렀다. 두 사내는 시간이 날 때마다 같이 연주했고, 얼마 지나지 않아 룸펠곶은 음악으로 채워졌다. 반년 뒤, 닥터는 동료를 위해 콘서트를 열어야겠다는 생각을 떠올렸다. 모르텐슨의 쉰 번째 생일이 바로 그날이 될 터였다. 그는 자전거를 타고 연안을 돌며 초대장을 돌렸다. 사냥꾼들 모두가 닥터의 초대에 응했다. 그린란드 북동부에서 처음 열리는 콘서트요, 비요르켄의 말마따나 역사에 길이 남을 일이었다.

닥터와 모르텐슨은 모두가 편하게 앉을 수 있게끔 기다란 벤치를 만들었다. 비계 통 네 개와 널빤지 몇 개로 작은 연단도 세웠고, 콘서트가 끝난 뒤에 먹을 화주와 노네트*로 침대 위 선반을 채우는 것도 잊지 않았다.

모르텐슨의 생일날, 열네 명의 남자들과 100여 마리

의 개들이 썰매를 끌고 룸펠곳에 도착했다. 주인공은 문 앞에 서서 악수를 하고 선물을 받았다. 술병만 굴러다니던 선반이 어느새 선물로 가득 찼다.

룸펠곳 오두막 안은 평소와 달리 엄숙한 분위기가 감돌았다. 사냥꾼들 모두가 안에 들어서자마자 동일한 느낌을 받았다. 매스 매슨이 먼저 교회랑 공기가 비슷하다고 말을 꺼내자, 헤르베르트는 한술 더 떠서 문화적인 냄새가 난다고 했다. 비요르켄도 말을 보태지 않을 리 없었다. 약간 거북하긴 하지만 어딘지 숭고한 느낌이 든다는 게 그의 평이었다. 오두막 안이 낯설고 너무 예뻐서 그는 씹는담배를 어디에 뱉어야 할지 알 수가 없었다.

짙푸른 하늘에 강한 햇살이 내리비치는 맑고 추운 봄날이었다. 저녁 7시에 촛불 두 개가 연단에 놓였지만, 창문으로 쏟아지는 빛이 너무 강해 사실상 큰 쓰임은 없었다. 한 시간 가까이 발을 동동 구르며 얼어붙은 눈밭에 서 있던 방문객들에게 마침내 입장 허락이 떨어졌다. 사냥꾼들은 각자 모자를 벗어 들고 게걸음을 걸으며

—

* 수녀원에서 만들기 시작한, 둥근 모양의 향료가 든 과자.

가지런히 놓인 벤치 사이로 비집고 들어갔다.

모르텐슨과 닥터가 자리를 잡았다. 그들은 긴장한 채 악보를 뒤적이는가 하면, 관객과 시선을 마주치지 않으려는 듯 무척이나 꼼꼼하게 악기를 살폈다. 다들 이 연주자들이 악기를 처음 보는 게 아닐까 의심할 정도였다.

닥터가 활로 보면대를 두드리자 객석에 침묵이 내려앉았다.

"카를 오어 모르텐슨을 소개합니다. 오늘 저녁 이 무대에서 대가들의 곡을 연주할 모르텐슨은 전자음 생성기를 만들어 음악계에 새로운 길을 개척했습니다. 악기의 이름은 '카를 오어 오르간'으로, 그 아름다운 선율을 곧 모두가 감상하시겠습니다."

비요르켄이 낮짝을 향해 몸을 기울이고 속삭였다.

"정말이지 오지게 역사적인 해야."

닥터의 말이 계속되었다.

"콘서트의 제1막은 모두가 좋아할 만한 가볍고 대중적인 곡으로 구성했습니다. 연주가 진행되는 동안에는 합창을 자제해주시길 부탁드립니다."

콘서트의 성공에 결정적인 역할을 한 것이 바로 이 1막이었다. 닥터가 메들리로 엮은 북유럽의 대중가요와 콘서트의 마지막까지 이어지던 두 번째 오블리가토가 끝나자 폭풍 같은 환호가 음악가들을 향해 쏟아졌다. 다들 오두막 벽이 들썩일 정도로 박수를 보내고 털양말 신은 발로 힘차게 발을 굴러, 모르텐슨과 닥터는 비계통 위로 넘어질 뻔했다. 여기저기서 고함 소리와 휘파람 소리가 터져 나오는 가운데 모두가 앙코르를 외쳤다.

10분의 휴식 시간 동안 관객 모두에게 화주가 두 잔씩 제공된 뒤, 새로 시작한 2막에서는 톱과 카를 오어오르간의 합주로 어려운 곡들이 연주되었다. 생상의 「백조」로 시작해 베토벤의 「로망스 2번 바장조」와 바흐의 「아리아」가 이어졌다.

사냥꾼들은 꼼짝 않고 앉아 고개를 숙인 채 입술을 꽉 깨물었다. 누군가 눈을 감고 꾸벅꾸벅 졸았지만, 그가 밸프레드였기에 아무도 주의를 주지 않았다.

로이비크가 침을 삼키더니 조용히 속삭였다.

"염병할, 음악이 왜 이래! 눈물이 나올 것 같아."

"입 다물어!" 감동에 겨워 있던 피오르두르가 동료의 말을 잘랐다.

"이건 무선통신보다 더 놀라운데." 매스 매슨이 목소리를 낮추고 한마디 거들었다.

"멍청이, 이건 예술이고 무선통신은 기술이니까 그렇

지. 촌뜨기 같기는." 용이 새겨진 등을 똑바로 펴며 비요르켄이 지적했다.

"멍청한 놈, 내가 하려던 말이 바로 그거였거든." 매스 매슨이 투덜거렸다. 언제든 대화의 끝을 자신이 맺지 않으면 직성이 안 풀리는 그였다.

마지막 곡인 브람스의 가곡이 끝나자 다시 박수갈채가 터졌다. 사냥꾼들은 손뼉을 치고 주먹으로 나무 의자를 두들겼다. 옆에 앉은 사람의 등짝을 철썩 갈기는 사람이 있는가 하면, 광적으로 흥분한 헤르베르트는 꽉 쥔 주먹으로 매스 매슨의 머리를 방망이질했다. 머리를 얻어맞은 매스 매슨은 즉시 헤르베르트의 코피를 터뜨려 무승부로 만들었고, 동료가 공격당하는 것을 본 안톤이 매스 매슨의 동료인 검은 머리 빌리암을 의자에서 넘어뜨렸다. 순간 빌리암의 체중에서 해방된 의자가 한쪽으로 기울며 비요르켄과 백작과 낮짝이 바닥에 나동그라진 빌리암 위로 우르르 넘어졌다. 이렇게 한바탕 소동이 벌어지는 사이 모두는 저도 모르게 감동적인 콘서트에서 즐거운 생일잔치 시간으로 옮겨 갔다. 너무나 자연스러워 억지로 감정을 전환할 필요도 없었다.

한나절의 콘서트와 하룻밤의 생일잔치를 즐기고 룸펠곳을 떠날 때, 모두는 한마음이 되어 이번 콘서트가 전례 없는 일이며 음악만큼 허기진 영혼을 달래는 건 없다는 사실에 동의했다.

편지 말미에 추신을 덧붙이듯, 이야기를 마무리하려면 봄 사이 어떤 일이 벌어졌는지 말해야겠다. 사냥꾼들은 그린란드 북동부에 소규모 오케스트라를 조직했다. 음악 활동을 위해 비요르켄, 매스 매슨, 빌리암, 피오르두르, 로이비크, 밸프레드가 각자 자기만의 악기를 만들어, 두 달에 한 번씩 닥터와 모르텐슨의 집에 모여서 솔페주* 과정을 밟았다.

중간에 오케스트라를 떠난 사람은 밸프레드뿐이었다. 그의 악기는 음계에 맞춰 물을 채운 여덟 개의 병이었는데, 저녁이 가는 동안 밸프레드가 도무지 온전한 음정을 유지하지 못함으로써 닥터를 크게 좌절시켰다. 닥터는 문제의 원인을 찾아 악기를 검사했고, 그 결과 '레'와 '파' 음을 내는 병이 순수한 물이 아닌 독주로 채워졌다는 사실이 밝혀졌다. 밸프레드가 음계를 연습하다가 악기를 마셔버리는 바람에 '레'는 반음 올린 '파'가

———

* 음악의 기초 교육 중 독보, 시창, 청음 등의 능력을 키우는 교과과정.

되고, 반음 내린 '미'는 '라'가 되었던 것이다. 밸프레드는 경고를 받은 뒤에도 이 파렴치한 행동을 그만두지 못해 결국 오케스트라에서 쫓겨났다.

9월이 되어 베슬 마리호가 도착했을 때 올슨 선장은 톰슨곶에서 열린 야외 콘서트에 초대되었다. 아름답고 평온한 저녁이었다. 올슨에게는 하나도 빠짐없이 보고 들을 수 있는 맨 앞줄의 좌석이 제공되었다. 그는 고통에 단련된 사내였지만, 첫 소절이 시작되자마자 너무 놀라 눈을 동그랗게 뜨고 옆에 앉은 이에게 속삭이지 않을 수 없었다.

"빌어먹을! 이런 걸 두고 최악보다 더한 최악이라는 거야. 무슨 말인지 알겠어?"

부선장은 선장의 말에 동의한다는 듯 말없이 괴로운 표정을 지었다.

이상한 결투

—

무기를 두려워하는 한센 중위와, 달변가 레우즈가 침묵으로 무너진 사연

겨울 중 가장 어두운 때에 레우즈와 한센 중위의 사이가 틀어졌다. 이 일은 사냥꾼 모두를 놀라게 했다. 두 사람 모두 학식과 교양을 겸비한 문명인에 명예로운 과거와 넓은 식견을 갖춘 이들이라 어떤 논쟁이 벌어져도 최소한의 객관성을 유지하리라 예상했기 때문이다.

그로버만에서 저녁 모임이 있던 날, 레우즈와 한센 중위는 명문가에서 음식 서빙을 왼쪽에서 하는지 오른쪽에서 하는지를 두고 언쟁을 벌였다. 모인 이들 중 어느

한쪽의 주장에 힘을 실어줄 만한 사람은 없었고, 이에 레우즈가 한센 중위를 멍청한 살인 청부업자라 부르고 한센 중위가 레우즈를 악질 브로커라 부르면서 돌연 토론의 쟁점이 바뀌었다. 두 사람 사이의 갈등을 풀어주기 위해 매스 매슨이 백작을 깨우려 했지만, 그는 이미 밸프레드의 월귤주에 고귀한 이마를 얻어맞고 곯아떨어진 뒤였다. 레우즈와 중위는 끝까지 고집을 꺾지 않다가 말다툼이 주먹다짐으로 변하기 직전에야 씩씩거리며 각자의 집으로 돌아갔다.

더없이 사소한 일로 시작된 이 말다툼이 둘 사이에 오해의 골을 깊게 파놓았다. 서로에 대한 이들의 증오심은 나날이 불타오르며 연안에 사는 다른 이들에게는 보기 드문 구경거리가 되었다. 레우즈 이야기만 나오면 격분해 날뛰는 중위와 달리 영리한 레우즈는 상대방을 무시하듯 시종일관 침착한 태도를 유지했는데, 이것이 훨씬 더 고약했다. 전직 군인인 중위에게는 무시당하는 것만큼 큰 굴욕이 없었기 때문이다. 두 사람은 다 같이 모인 자리에서도 서로 인사를 나누지 않았고, 빙판에서 우연히 마주친다 해도 썰매를 멈추는 일은 절대 없을 거라며 들으라는 듯 이야기했다.

물론 레우즈와 중위가 우연히 마주칠 가능성은 매우

희박했다. 두 사람이 사는 집은 통행 여건이 좋은 화창한 날에도 사흘은 걸리고 날씨가 나쁘거나 눈이 많이 쌓인 날에는 그 두 배가 걸릴 만큼 떨어져 있었으니 말이다. 실제로 두 사람은 빙판에서 한 번도 마주치지 않았다. 대신 이상한 일이 생겼으니, 중위가 전보다 훨씬 자주 바람의 오두막을 찾아간다는 사실이었다.

크리스마스가 되기 전까지 중위가 바람의 오두막에 납신 것만 벌써 두 번이었다. 그중 한 번은 멀찍이 떨어져 레우즈에게 큰 소리로 욕설을 퍼붓기 위해서였고, 다른 한 번은 레우즈의 변소를 비방함으로써 그곳의 공동 소유주인 시워츠의 불신을 이끌어내기 위함이었다. 이 두 번째 방문 때 그는 무례하게도 오두막 내부까지 침입했는데, 이는 곧 전략적 실수로 드러났다. 레우즈가 괴한의 침입을 눈치채고 삽으로 냅다 후려치는 바람에, 중위가 부상당한 전사처럼 시워츠의 부축을 받아 핌불로 옮겨졌다.

한센의 상처가 아물기까지는 보름의 시간이 걸렸다. 그는 레우즈의 타격에 모욕을 느끼고 결투를 신청하여 장교의 명예를 회복하려 했다. 군사학교에서 검술 수업을 소홀히 한 것이 뒤늦게 후회되었지만, 포획물을 해체할 때 쓰는 사냥칼을 제외하면 연안에 그렇다 할 무기가 없다는 밸프레드의 말을 들으니 안심이 되었다. 사냥용 칼이라면 엄지손가락 다섯 개 길이밖에 안 되지 않은가.

"여차하면 사냥칼로 결투를 해버려." 밸프레드가 빈정대듯 말했다. "버터 통 뚜껑으로 예쁜 방패도 하나 만들고. 어때? 멋진 검투사 커플이 탄생하지 않겠어?"

중위는 그 제안에 대해 곰곰 생각해보았다. 길쭉한 양날 검은 분명 로마의 명검을 떠올리게 할 터였다. 주인의 명예를 지켜주는 고전적인 무기 말이다. 하지만 엄지손가락 다섯 개 길이의 강철이 갈비뼈 사이에 박힌다는 생각을 하니 더없이 불쾌해졌다. 중위는 일단 비상시를 대비해 사냥칼을 사용 가능한 무기 목록에 올린 뒤, 입으로 불어 쏘는 화살부터 대포에 이르기까지 온갖 무기를 검토해보았다. 그런데 그중 어느 것도 결투에 적합해 보이지 않았다. 마땅한 방법을 찾지 못한 그는 다시 자신의 유일한 동거인이자 결투 때 증인이 되어주기로 약속한 밸프레드에게 고민을 털어놓았다.

밸프레드는 목덜미를 비집고 나온 기다란 회색 털을 긁으며 한동안 생각에 잠겼다.

"한센, 이번 일은 좀 복잡해." 틀니를 덜그덕거리며 그가 입을 열었다. "이렇게 그냥 어물어물 넘어갈 일이 아니라고. 그래, 낡긴 했지만 자동권총을 써보는 건 어 때? 권총이라면 나한테도 하나 있고, 내 기억이 맞다면 매스 매슨도 연습용으로 한 자루 갖고 있어. 그만하면 결투용 무기로 나무랄 데가 없을 거야. 아니면 89년식 소총도 있지. 튼튼해서 몽둥이 대신 휘둘러도 돼. 상황이 험악해지면 쏘면 되고." 그가 중위의 침대에 등을 기대고 앉아 배 위로 두 손을 마주 잡았다.

"너무 위험하지 않을까? 레우즈가 나를 쏘면 어떻게 해?" 중위가 속삭이듯 물었다.

"맞아, 위험하지. 그렇게 되면 넌 카미크*를 벗어야 할 테니까." 밸프레드가 고개를 주억거렸다. "제기랄, 그런 일이 일어나면 안 되는데. 다시 새 동료를 찾아야 하잖아. 이제 막 너한테 익숙해진 참에 더 나쁜 일이 또 어디 있겠어?"

한센의 생각도 밸프레드와 전적으로 같았다. 그렇게 끝나면 너무 원통할 것이다. 하지만 그는 대부분의 결투가 죽음으로 끝난다는 사실을 누구보다 잘 알고 있

---

* 에스키모 사람들이 신는 방한 부츠로, '카미크를 벗다'라는 표현은 죽음을 의미한다.

었다.

"확실한 건, 그 친구와 나 둘 중 하나는 죽게 된다는 사실이야." 그가 단호한 어조로 말했다. "앞날이 창창한 레우즈에겐 좀 안된 일이지만 어쩌겠어? 세상일이 다 자기 뜻대로 되지는 않는다는 걸 녀석도 알아야지. 문제는 총알이 누구한테 박힐지 아무도 모른다는 거야."

밸프레드는 다리를 앞으로 쭉 뻗고 등나무로 만든 실내화를 내려다보았다.

"한센, 결투라는 게 그렇게 간단한 문제가 아니야. 아직까지 여기서 결투가 벌어진 적이 없었던 이유가 그거지." 석유램프의 불빛 아래 밸프레드의 대머리가 닳아빠진 음식물 포장지처럼 번들거렸다. 그는 애매한 표정으로 머리에 반창고를 붙인 중위를 바라보았다. "과연 결투가 가능할지조차 난 잘 모르겠어. 사실 여기서 내가 본 결투라고 해야 사향소들의 결투가 전부이기도 하고. 사랑의 계절에 수컷들이 암컷을 차지하려고 벌이는 결투 말이야. 너와 레우즈의 경우랑은 다르지."

"내 경우는 명예의 문제야." 한센이 지적했다.

"그래, 그래서 다르다고 한 거야. 그런데 네가 몰라서 그렇지 사향소들의 결투에도 일정한 양식이 있어. 망자의 계곡에서 몇 번 봤는데, 녀석들은 박치기를 하더라고."

이 말에 중위가 침대에서 몸을 반쯤 일으켰다.

"박치기를 한다고? 어떻게?"

"암소를 두고 티격태격하다가 두 놈이 서로 반대쪽으로 달려가. 거리가 몇백 미터쯤 벌어질 때까지. 그런다음 한참 동안 각자 출발선에서 벼르다가 상대방을 향해 무섭게 울부짖으면서 달려드는 거야."

"그런 다음엔?" 한센이 마음속으로 그 장면을 떠올리며 물었다.

"전속력으로 달려서 머리를 들이박아. 염병할, 그때나는 소리를 너도 들어봐야 하는데. 퍽 하고 진짜 굉장한 소리가 나거든. 한센, 그건 힘으로 하는 싸움이야. 얼마나 세게 머리를 박는지 온 골짜기에 뼈 타는 냄새가 진동하지."

"그걸로 승자와 패자가 가려져? 박치기 한 번으로 그게 가능할 리 없잖아." 중위가 흥미롭다는 듯 물었다.

"아, 그렇게 생각해? 하지만 가능해. 그 정도의 박치기는 대게 치명적이거든. 한 번으로 끝나지 않으면 한두 번 더 하긴 해. 둘 중 하나가 아가리에서 피를 토하며 무릎을 꿇거나 비틀거리면서 장소를 옮길 때까지. 그야말로 신사들의 결투지. 그래서 말인데 한센, 그런 결투를 해봐. 둘 중 하나의 다리가 휘청거릴 때까지 박치기를 하는 거야.”

이튿날, 중위는 밸프레드의 제안에 관해 다시 한번 찬찬히 생각해보았다. 솔직히 말하면 이마에 가해질 충격을 상상할 때마다 경련이 일며 피부에 통증이 느껴지는 듯했다. 그러나 가슴에 사냥칼이 꽂히거나 9밀리미터짜리 총알이 미간에 박히는 것보다는 큼지막한 혹 몇 개 얻는 편이 낫다는 생각이 들었다. 마침내 그는 마음을 정하고 공식적으로 결투를 신청하기 위해 밸프레드를 ‘한센 중위의 대리인’ 자격으로 바람의 오두막에 보냈다. 고대부터 사향소들이 고수해온 고전적인 방식으로 진행될 그린란드 북동부 최초의 결투요, 훗날 백작이 ‘잡식동물의 결투’라 이름 지을 결투였다.

레우즈는 결투 신청을 받고 불같이 화를 냈다. 하마터면 밸프레드의 머리가 먼저 박살 날 정도였다.

“발정 난 황소처럼 싸우자고?” 그가 미친 듯 고함쳤다. “그 말을 하려고 여기까지 왔어? 도대체 어떻게 그런 멍청한 생각을 할 수 있지?”

시워츠가 싸움을 말리려고 끼어들었다.

“워, 워, 레우즈, 진정해. 밸프레드는 밀사일 뿐이야. 연안의 평화를 위해 애쓰는 중이라고.”

“그래도 한 대는 맞아줘야겠어. 코뼈가 부러져야 이

멍청이들이 정신을 차리지."

"조심해, 밸프레드의 이빨은 엄청 비싸." 시워츠가 속삭였다.

시워츠의 말에 레우즈가 쥐었던 주먹을 펴고는 화덕 가까이 의자를 끌어당겨 깊은 생각에 빠졌다. 그사이 나머지 두 사람은 사과 도넛을 나눠 먹으며 수제 맥주를 홀짝였다. 잠시 후, 밸프레드가 곁눈질로 슬쩍 훔쳐보니 레우즈는 슬그머니 미소를 짓고 있었다.

"왜 웃어?" 밸프레드가 물었다.

"한센 말이야." 레우즈가 손가락 하나를 이마에 대고 돌리며 말을 이었다. "지난번에 녀석이 왔을 때 내가 삽으로 머리를 너무 세게 쳤나 봐. 하하! 발정 난 황소처럼 펄쩍펄쩍 뛰어다니며 박치기를 하다니! 바보가 아니고서야 어떻게 그런 제안을 할 수 있지? 유감스럽지만 나로선 이 결투 신청을 진지하게 받아들이지 못하겠어." 그는 시워츠가 만든 사과 도넛을 먹으려고 자리에서 일어나 식탁으로 다가왔다. "한센에게 전해. 박치기가 그렇게 하고 싶으면 황소 뿔이나 얼마든지 들이받으라고. 하지만 내가 그런 바보짓에 동조할 거라고는 꿈도 꾸지 말라고." 그가 도넛 그릇에 손을 넣고 뒤적였다. "결투 자체에 반대하는 건 아냐. 하지만 아무리 그래도 소처럼 싸울 수는 없지. 그런 건 한센처럼 짐승 같은 놈들이나 하는 천박한 짓이니까."

이런 결투를 제안한 장본인으로서 밸프레드도 한마디 하고 싶었지만 도넛이 입안에 가득한 터라 전혀 대꾸할 수가 없었다.

"굳이 결투를 하고 싶으면 고전적인 이누이트 방식으로 하자고 전해. 일종의 시詩 대결로 정신의 우위를 가리는 거지." 레우즈가 말했다.

밸프레드가 간신히 입안을 비우고 물었다.

"그게 뭔데?"

설명에 앞서 레우즈는 맥주를 한 모금 들이켰다.

"밸프레드, 우리가 오기 훨씬 전에 그린란드 북동부에는 특별한 생활 방식을 가진 민족이 있었어. 그들은 의견 일치가 안 된다고 황소처럼 사팔눈을 하고 머리를 들이박는 일이 없었지. 갈등을 노래로 푸는 전통과 문화가 있었거든. 상대방을 행복하게 해주려는 사람들처럼 서로 노래를 불러줬어."

"뭐? 노랠 해?" 시워츠가 흥미롭다는 듯 물었다.

"적을 비방하는 시를 지어서 공식적으로 노래를 부르는 거야." 모르는 게 없는 레우즈가 자세한 설명을 시작했다. "노랫말을 강조하기 위해 가끔 꿀밤을 먹이거나 따귀를 때리기는 하지만, 짐승처럼 거칠게 몸싸움을 해서 인간에 대한 예의를 저버리지는 않아. 몇 대 쥐어박는 것도 어디까지나 시의 메시지를 강조함으로써 상대방의 잘못을 일깨우기 위한 거고."

'이런 결투라면 절충점을 찾았다고 봐도 되겠군.' 밸프레드는 생각했다.

"레우즈, 그거 참 합리적인데? 장담하는데, 중위도 분명 네 제안을 받아들일 거야."

"고전적인 방식이야." 레우즈가 근엄한 표정으로 말하고는 멋지게 한마디 덧붙였다. "그야말로 신사들을 위한 것이지."

"그런 건 대체 다 어디서 배운 거야?" 밸프레드가 물었다. 적에 대한 상세한 정보를 가지고 한센에게 돌아가기 위해서였다.

"책에서 읽었지." 레우즈가 대답했다.

"저런!" 밸프레드가 감탄한 듯 레우즈를 쳐다보았다. 그도 책 속에 아주 많은 것이 들어 있다는 건 알았다. 하지만 한 번도 펼쳐본 적이 없었다.

시워츠가 고개를 저으며 검지로 레우즈를 가리켰다.

"밸프레드, 중위는 결코 레우즈를 이길 수 없어. 이 친구는 눈이 머리 밖에도 달려 있는 데다 세상 어떤 교수

보다도 똑똑하거든. 안톤과 헤르베르트의 코가 납작해진 날에는 무슨 말을 했는지 알아? 그 놈팡이들더러 탁상공론에 빠진 철학자들이라고 했지. 정말 굉장했다니까. 너도 들었어야 했는데. 아무튼 레우즈는 자기가 무슨 말을 하는지도 모르는 작자들과는 차원이 다르다고. 알겠어?”

밸프레드는 손가락에 묻은 월귤 잼을 핥았다.

“나도 알아.” 그가 조곤조곤 말을 이었다. “하지만 솔직히 말하면 중위도 뒤처지지는 않아. 조국의 역사라면 앞이고 뒤고 다 아는 데다, 전쟁이 있든 없든 군대 규칙에 대해서도 모르는 게 없거든. 머리에 든 게 정말 많은 친구지. 내가 장담하는데, 노래로 한센을 이기는 건 생각보다 쉽지 않을 거야.”

“그럼 박치기?” 시워츠가 상기시켰다. “그것도 쉽지 않을걸? 레우즈의 머리는 엄청 단단하거든. 머리에 든 것까지 다 합치면 타격이 엄청날 거야.”

“그래, 시워츠. 레우즈를 아는 사람이라면 아무도 반박하지 않을 거야.” 밸프레드가 고분고분 대답하며 손가락으로 맥주 통을 가리켰다. 시워츠는 마지못해 손님을 향해 맥주를 밀어주었다. 밸프레드는 거품 없이 맥주 한 잔을 가득 채우고 말을 이었다. “그런데 한센이 곱상하게 생겨서 그렇지, 터틀넥 스웨터를 벗으면 얘기가 또 달라. 아마 너도 고개를 끄덕이지 않고는 못 배길걸. 한센은 목이 바다코끼리만큼 굵거든. 눈 하나 깜짝 않고 이마로 텐트 말뚝을 박을 수도 있다고."

그렇게 시워츠와 밸프레드는 질세라 자기 친구의 자랑을 늘어놓았다. 레우즈가 끼어들지 않았다면 두 사람 사이까지 틀어질 판이었다.

"다들 그만둬. 노래를 할 사람은 한센과 나야. 지금도, 결투하는 날도, 두 사람은 그냥 지켜보기만 하면 돼. 밸프레드, 어서 가서 전해. 중위가 노래로 하는 이 고전적인 결투를 수락하면 나도 결투 신청을 기꺼이 받아들이겠다고. 그런데 한 가지 확실히 해둬야 할 게 있어. 내가 결투 신청을 받아들인 건 그 멍청이가 우스운 꼴로 창피당하는 걸 보고 싶어서가 아니야. 시로 우월을 가리는 고전적인 결투가 한 개인을 어떻게 변화시키는지 확인하고 싶어서지. 순수하게 학문적인 차원에서 말이야."

"빌어먹을, 뭐가 그렇게 복잡해." 밸프레드가 귀를 긁적이며 중얼거렸다. "레우즈, 네가 그런 식으로 설명하면 한센은 절대로 결투에 응하지 않을 거야. 그 고전적인 시니 뭐니도 그렇고. 한센이 바라는 건 대구 대가리 같은 네 낯짝을 납작하게 만드는 거니까. 하지만 네가 말하는 것도 결국 그거라면 한센은 뭐든 각오하고 받아들일 준비가 되어 있지. 그러니까 원하는 시간과 장소만 말해."

레우즈가 고개를 끄덕였다.

"좋아, 밸프레드."

그는 마지막 남은 사과 도넛을 우적우적 씹으며 생각했다. 중위는 세상이 다 아는 멍청이에 결코 그의 적수가 될 수 없는 인간이었다. 그래도 이 결투는 충분한 가치가 있었다. 이누이트족이 조상 대대로 내려오는 방식에 따라 어떻게 정의를 실현해왔는지 심도 있게 재조명해볼 절호의 기회이기 때문이었다. 한센에게 어떤 재능이 있는지는 몰라도 어차피 이 세상 최고의 인재는 레우즈, 그 자신뿐이었다. 지금부터 그는 그동안 묻어둔 자신의 재능을 마음껏 발휘하기만 하면 되었다. 무엇보다도 그에게는 지적 사고를 서정적으로 표현하는 탁월한 재능이 있지 않은가. 마지막 도넛이 입안에서 녹아 사라지는 동안, 레우즈는 한센의 빈곤한 시구와 수준 낮은 문장들이 자신이 가하는 고전적인 방식의 공격을 받고 어떻게 추락할지 떠올리며 즐거워했다.

"1월 1일, 바람의 오두막이 좋겠어. 연안에 사는 사람들을 전부 초대해서 결투를 시작으로 대대적인 신년 축하 모임을 가지자고.”

이튿날 밸프레드는 레우즈의 메시지를 들고 핌불 오두막으로 돌아갔다.

한센 중위는 레우즈가 선택한 무기가 무엇인지 알고 안도감을 느꼈다. 명예롭지 못하다는 둥 목숨을 건 결투가 아니라는 둥 화를 내기는 했다. 그는 레우즈가 총알과 번득이는 칼날에 겁을 집어먹었다며 조롱하고, 사향소 결투만이 완벽하게 고전적인 방식이라며 불만을 늘어놓았다. 하지만 전부 결투를 하는 두 사람 모두 살고 죽는 문제에서 자유로워졌다는 사실을 알고 부리는 투정에 불과했다.

사실 그는 레우즈가 제시한 결투 방식이 상당히 마음에 들었다. 상황이 자기에게 유리한 방향으로 바뀌었다는 생각까지 들었다. 그는 다방면에 재능이 많았지만 그중에서도 시를 짓는 재주는 남달랐다. 그는 즉시 운을 뗐다.

“어디 보자, 레우즈라는 이름으로 시작해볼까?”

천장을 올려다보자 대번에 단어들이 파도처럼 몰려왔다.

“레우즈, 포즈, 쿠페로즈, 시로즈, 아르트로즈, 에키

모즈, 메노포즈……."*

"이건 어때? 스 르포즈!"**

옆에서 듣고 있던 밸프레드가 끼어들었지만 시인의 따가운 눈총만 받을 뿐이었다.

한센은 보름 내내 연필을 쥐고 기다란 식탁에 앉아 시작에 몰두했다. 볼록한 볼 안에서 끝없이 시어가 쏟아져 나왔다. 밸프레드는 시인을 방해하지 않으려면 조용히 있어야 한다며 졸리지 않은데도 굳이 온종일 침대에 드러누워 반수 상태로 보냈다.

하지만 가끔은 깨어나 귀를 기울일 수밖에 없었으니, 멋진 문장이 완성될 때마다 한센이 낭송을 하고 싶어 했기 때문이다. 낭송이 끝나면 중위는 밸프레드에게 똑같은 설명을 세 번씩 반복했으며, 그 과정에서 약점을 발견하고 즉각 시를 폐기했다. 전부 훌륭한 시임에는 틀림없었지만 어딘지 완벽해 보이지 않았다. 시구가 지나치게 단순하고 평이해 아마추어 같다는 생각도 들었다. 한센은 공들여 쓴 시를 모두 찢어 화덕에 던지고는

———

*   각각 '중단' '농진' '경변' '관절' '반상출혈' '폐경'을 뜻하는 단어로 '레우즈'와 각운이 맞는다.
** '휴식을 취하다'라는 뜻.

과감하게 현대시에 도전했다. 그에게는 경이로운 체험이었다. 연필이 자유자재로 종이 위를 날고, 단어들이 일상의 우연한 사건 너머를 떠다니다가 독수리처럼 순식간에 먹잇감으로 달려들어 날카로운 발톱으로 시어를 붙들어서는 갈퀴 같은 부리로 잘게 조각내는 것이었다. 한센은 밸프레드에게 자기가 쓴 시의 운율이 얼마나 독창적인지 설명하려 했으나 밸프레드의 귀는 현대시를 좀처럼 이해하지 못했다.

"한센, 솔직하게 말하라고 해서 그러는데, 내 생각에는 뭔가 이치에 안 맞는 것 같아. 박자가 안 맞는다고나 할까? '축축하고 습한 밤, 프레데리시아 앞에서.' 이런 표현은 멜로디가 바로 느껴지잖아. '칙칙폭폭, 칙칙폭폭.' 이건 박자도 착착 잘 맞는 데다 딱 봐도 기차가 달리는 것 같고. 안 그래?"

중위는 고개를 저었다. 그는 자신의 자유시에 시선을 고정한 채 연필로 식탁을 두드려 박자를 맞춰보았다.

"그런 건 첫영성체 때나 필요한 시야." 그가 말했다. "내가 쓴 건 시간을 초월한 시고. 아마 100년 뒤에나 이해될걸. 이건 내 피의 리듬이나 마찬가지야. 심장을 울리는 고동 소리이자, 그 안을 흐르는 피라고. 무슨 말인지 알겠어?"

침대에 누워 있던 밸프레드가 삐걱거리는 소리를 내며 돌아누웠다. 그는 중위에게 혹시 심장병이 있는 건 아닌지 걱정스러웠다.

　　"네 생각대로 해, 그게 좋겠어. 나라면 첫영성체 때나 필요한 시를 낭송하겠지만."

　　레우즈는 결투 생각에 더없이 즐거웠다. 정의의 역사라는, 이제껏 등한시되어온 분야를 연구할 흥미로운 기회이자, 자신이 지닌 번득이는 재기와 지성, 사상가로서의 역량을 마음껏 발휘할 기회이기도 했기 때문이다. 그는 호메로스의 6각시六脚詩에서 영감을 얻어 각운이 없는 6음절의 행으로 시를 윤색했다. 숭고미가 살짝 부족할지언정, 그만큼 더 많은 독과 담즙을 뿜어내는 운문이었다. 레우즈는 여기서 그치지 않고 울부짖는 괴성조차 속삭임으로 들리게끔 목소리를 가다듬었고, 연습을 거듭한 끝에 호메로스의 우레와 같은 웃음소리까지 완벽하게 구현해냈다. 시워츠는 동료가 말 울음소리를 낼 때마다 깜짝깜짝 놀랐다. 먼 옛날 그리스인들이 사용한 이 웃음소리가 허풍쟁이 한센을 녹아웃시키는 데 한몫하리라는 것이 레우즈의 설명이었다.

　　레우즈는 표현력도 연마했다. 그는 로마의 원로원 의

원들이 토가를 휘날리듯이 결전의 날에 입을 망토를 젖혔다 여미기를 반복했다. 세계를 끌어안을 기세로 거울을 향해 양팔을 길게 뻗는가 하면 하늘에 대고 맹세하는 사람처럼 천장을 올려다보며 주먹을 불끈 쥐었고, 무릎을 꿇는가 싶다가는 다시 일어나 고고하게 양손을 허리에 얹은 채 적에게서 등을 돌리기도 했다. 시와 공연이 불가분의 관계로 묶여 있다고 믿는 그는 이 두 장르의 완벽한 조합 앞에 중위가 오줌을 지리고 말리라 확신했다.

시워츠는 이 모든 것이 너무도 재미있어서 사냥도 내팽개친 채 집에 남아 레우즈를 구경했다. 동료에 대한 그의 존경심은 레우즈가 머리를 쥐어박고 따귀 때리는 연습을 시작하면서 한층 깊어졌다. 레우즈는 이 연습을 위해 박제한 바다표범 머리를 천장에 매달았고, 그 바람에 이 가련한 짐승의 머리는 시 낭송과 연기 연습 내내 지은 죄도 없이 얻어맞아야 했다.

마침내 석 주의 혹독한 훈련을 마친 뒤, 레우즈는 바다표범 머리를 바닥에 내려놓고 싸울 준비가 되었음을 선언했다.

사냥 오두막마다 시 낭송 대결을 두고 열띤 논쟁이

벌어졌다. 레우즈의 초대장은 기록적인 속도로 각 기지에 전달되었고, 모두가 바람의 오두막에서 열리는 신년 파티에 참석하기로 결정을 내렸다. 크리스마스 연휴가 시작되자마자, 로이비크는 로스만을 떠나 룸펠곳으로 갔다. 개가 없는 모르텐슨과 닥터를 썰매에 태워 가기 위해서였다. 룸펠곳의 주민 둘과 함께 그는 다시 톰슨곳으로 가, 검은 머리 빌리암과 매스 매슨을 만나 그로버만으로 향했다.

중위와 밸프레드는 단둘이 바람의 오두막으로 직행했다.

새해 아침은 춥고 어두웠다. 달과 별이 모두 짙은 먹구름 뒤에 숨은 터라 시워츠는 전사들의 얼굴이 잘 보이도록 불빛이 강한 페트로막스 램프 네 개를 결투장에 설치했다.

이윽고 기묘한 공연이 시작되었다. 결투를 치를 전사들이 마주 보고 서자 동료들이 동그랗게 원을 그리며 두 사람을 에워쌌다. 시워츠와 밸프레드는 주변을 서성였고, 닥터는 왕진 가방을 든 채 램프 옆에서 대기했다.

한센 중위가 먼저 공격을 개시했다. 그의 시는 강력하고 아름다웠다. 유쾌하면서도 가혹했으며, 이따금 리듬에서 벗어나기는 했지만 관중들의 반응을 보아하니 꽤

나 충격적인 모양이었다. 관중 모두 적재적소에서 웃음을 터뜨리다가 레우즈가 흙탕물을 뒤집어쓸 때에는 숨을 죽였고, 특히 중위가 상대방에게 따귀를 날리며 의미심장한 말을 던질 땐 곳곳에서 탄성이 터져 나왔다.

레우즈는 동상처럼 뻣뻣하게 선 채로 이 모든 공격을 받아냈다. 그는 말에도 주먹에도 바위처럼 끄떡하지 않았다. 한센 중위의 시를 전부 듣고 난 뒤에는 결투 시작부터 얼굴에 감돌던 거만한 미소가 한층 짙어졌다.

눈부신 활약을 마친 뒤 한센은 짧은 휴식 시간을 가졌다. 그사이 레우즈는 반창고 치료를 받았다. 관중이 몇 번이나 환호하는지 세는 임무를 맡은 헤르베르트는 한센의 공격이 스물두 번 성공했다고 선언했다. 기대 이상의 결과에 중위는 이미 자신의 승리를 확신했다. 곧이어 2라운드가 시작되었다.

레우즈는 링에 오르자마자 망토 자락을 펼치며 고개를 뒤로 젖히더니 입을 커다랗게 벌리고 호메로스의 고전적인 웃음을 터뜨렸다. 그 모습에 사냥꾼들은 입을 다물지 못했다. 맙소사! 저게 무슨 짓이람? 이제껏 온갖 종류의 짐승 같은 행태에 저항해온 레우즈가 황소처럼 울부짖고 있지 않은가. 레우즈의 이 괴상한 반격에 사냥꾼들은 환호하는 대신 눈썹을 치뜨며 어깨만 들썩였다.

천둥 같은 웃음소리가 또 한 번 바람의 오두막을 뒤흔들었다. 이제 시를 읊을 차례였다. 레우즈는 앞으로 한 발짝 내딛고 중위를 노려보았다. 그러곤 그대로 얼어붙었다. 한 손으로 가슴을 움켜잡고, 다른 한 손은 먹구름을 향해 비스듬히 치켜든 상태였다. 입은 여전히 벌어져 있었지만 어떤 소리도 나오지 않았다. 그런 자세로 레우즈는 한동안 링 위에서 미동도 없이 서 있었다. 단호하고 확신에 찬 그의 눈이 흔들리기 시작했고, 뭔가에 집중한 듯 콧구멍이 벌름거렸다. 아랫입술은 윗니에 깨물려 피가 맺혔다.

친구들은 놀란 눈으로 레우즈를 응시했다. 시는 어디에 있지? 비요르켄은 추위에 못 이겨 눈밭에서 발을 구르기 시작했다.

"현대시인 모양인데. 말 없는 시." 그가 낮짝에게 속삭였다.

레우즈는 심호흡을 하더니 결심한 듯 등을 꼿꼿하게 세우고 처음부터 다시 시작했다. 이번에는 웃음소리가 잘 나오지 않았다. 레우즈가 목 졸린 말 울음소리를 내자 관중의 얼굴에 미소가 지어졌다.

"이제 나오려나 봐." 낮짝이 속삭였다.

하지만 아무것도 안 나왔다. 레우즈가 시를 까맣게

잊어버린 것이다. 그는 정신이 혼미해졌다. 가슴이 서늘하게 얼어붙었고, 텅 빈 머릿속에서는 호메로스의 웃음소리만 메아리칠 뿐이었다.

레우즈가 극적인 포즈로 얼어붙은 지 2분이 지났다. 마침내 그는 팔을 내리고 망토의 단추를 채웠다. 그러고는 중위에게 등을 보이고 경직된 걸음으로 바람의 오두막을 향해 걷기 시작했다. 사냥꾼들이 그에게 길을 터주려 뒤로 물러섰다.

헤르베르트는 "시들한 미소 한 번"이라고 결과를 발표한 뒤 중위의 승리를 선언했다.

이어지는 신년 파티의 분위기는 더없이 구슬펐다. 레우즈는 별채 오두막에 드러누워 아무도 들이지 않았고, 그의 좌절로 인해 바람의 오두막 분위기 전체가 무거워졌다. 시워츠가 손님들을 즐겁게 해주기 위해 최선을 다했지만 누구도 웃고 떠들 기분이 아니었다. 골짜기에서 추위에 떨던 사냥꾼들은 언 몸을 녹이기 위해 독주를 조금 들고 시워츠가 내는 음식을 말없이 받아먹었다. 그러다가 저녁이 다 가기도 전에 비요르켄보르의 주민들이 자리를 떠났고, 이어 매스 매슨과 빌리암, 로이비크, 룸펠콧 일행, 백작, 피오르두르가 차례로 자리에서 일어섰다. 그렇게 사냥꾼들은 새해 첫날이 다 가기도 전에 바람의 오두막에서 자취를 감추었다.

　중위는 쉽게 승리를 거머쥔 터였다. 반격이 없어서 실망스러웠지만, 이제 그는 이런저런 증거를 대며 레우즈를 옹호하고 있었다. 극적인 효과 면에서는 레우즈가 자기보다 훌륭했다고 밸프레드에게 털어놓으면서, 자기가 이기기는 했지만 레우즈의 시 또한 상당한 수준이었을 거라며 상대를 치켜세웠다.

　그러던 어느 날 레우즈가 핌불을 찾아왔다. 무시무시한 눈보라를 뚫고 오느라 양쪽 볼과 코가 빨갛게 트고, 수염에는 고드름이 주렁주렁 매달려 있었다. 그는 문에 기댄 채 진지한 표정으로 중위를 바라보았다.

　"너한테 원망은 없어." 이것이 그가 내뱉은 첫마디였다. "넌 최고였고, 난 응당한 대가를 치른 거야."

　중위는 침대에서 일어나 손을 내밀며 손님을 향해 다가갔다.

　"자, 자, 레우즈, 이러지 마. 내가 운이 좋았을 뿐이야. 나중에 곰곰이 생각해봤는데, 네가 옳더라고. 인정할게. 식사 시중은 왼쪽에서 드는 게 맞아." 그가 레우즈의 꽁꽁 언 손을 잡았다. "이리 와서 앉아. 금방 몸이 따뜻해질 거야."

집주인들은 레우즈를 의자에 앉히고 찬물로 얼굴을 닦아주었다. 마실 것과 먹을 것도 대접했다. 하지만 레우즈는 서글픈 미소를 머금은 채 가끔씩 고개만 끄덕일 뿐 내내 말이 없었다. 밸프레드와 한센에게는 무척 낯선 모습이었다. 생각에 잠긴 듯 말없이 앉아만 있는 그는 더 이상 아는 것도 많고 자신감 넘치던 예전의 레우즈가 아니었다. 그가 얼마나 깊은 상념에 빠져 있었는지는 그의 입에서 갑작스럽게 튀어나온 두 단어가 증명했다.

"히브리스와 네메시스."*

"뭐?" 밸프레드가 의아한 표정으로 레우즈를 쳐다보았다.

"어쨌든, 진짜 고전적인 결투가 되었군." 레우즈는 밸프레드의 불룩한 배에 시선을 고정한 채 말을 이었다. "따뜻하게 맞아줘서 고마워. 이제 가볼게."

중위와 밸프레드가 한사코 말렸지만 레우즈는 고집을 꺾지 않았다. 원망이 없다는 말도 했고, 중위가 자신보다 나았다는 고백도 했으니 가봐야 한다는 것이었

---

* 고대 그리스 신화에 등장하는 신의 이름으로, 히브리스는 '오만'을, 네메시스는 '응징'을 상징한다.

다. 결투 준비를 하느라 아무도 덫을 돌보지 않아서 바람의 오두막에 고기가 떨어졌다고도 했다. 레우즈는 문간에서 뒤돌아서더니 중위를 향해 슬픈 미소를 지어 보였다.

"한센, 널 원망하지 않는다는 거 잊지 마. 히브리스 뒤에는 언제나 네메시스가 따르는 법이지."

레우즈가 문을 닫고 나가자, 밸프레드는 걱정스러운 얼굴로 고개를 저었다.

"아직 회복이 덜 됐나 봐. 그런데 녀석이 뭐라고 한 거야?"

중위는 레우즈가 나간 문가를 보며 생각에 잠겨 있었다.

"처음 거는 무슨 뜻이었는지 기억이 안 나지만 그다음에 한 말은 들어본 것 같아. 네메시스, 아마 벌이라는 뜻일 거야."

"아, 그래?" 밸크레드는 마음을 놓았다. "맞아, 어떤 점에서 보면 저 친구는 벌을 받은 셈이지."

2주 후, 레우즈가 다시 바람의 오두막을 찾아왔다. 이번에는 죽어서 시워츠의 썰매 위에 가로누운 채였다. 중위와 밸프레드는 믿기지 않는다는 듯 시신과 시워츠를 번갈아 바라보았다.

"여기서 몇 킬로미터 떨어진 곳에서 발견했어." 시워츠가 설명했다. "개들은 집에 왔는데 레우즈가 안 와서 이상하다는 생각이 들었지. 그래서 곧바로 집을 나와 녀석을 찾아다녔어. 시신을 발견한 곳은 까마귀 오솔길이었어. 입에 총을 물고 있더군."

시워츠가 꽁꽁 언 동료를 썰매에서 내린 뒤 얼굴에 쌓인 눈을 쓸어냈다.

"결투 때문이야. 패배를 못 견딘 거지. 혹시 이 친구가 여기 왔었어?"

중위가 고개를 끄덕였다.

"응. 나를 원망하지 않는다고 했어." 말을 마치고 중위는 돌아섰다. 감정을 들키지 않기 위해서였다.

밸프레드는 눈가의 눈물을 훔치며 죽은 친구 곁에 무릎을 꿇고 앉았다. 뻣뻣해진 레우즈의 양쪽 팔을 가슴에 포개어준 뒤, 그가 말했다.

"그래, 레우즈, 정말이지 치명적인 결과가 되고 말았네. 네가 바라던 대로 아주 고전적인 결투였어."

피오르두르의 은밀한 열정

—

진심으로 이렇게 자문하게 되는 이야기. 가장 은밀한 열정이야말로 가장 강한 전염성을 지닌 것이 아닐까?

유년 시절을 한곳에서만 보냈다면, 그리고 그곳이 인상적인 모험으로 가득했다면, 장년에 이르러 우리는 우수에 젖은 눈으로 흥미진진했던 옛 시절을 뒤돌아보게 된다. 젊은 날의 위업을 되풀이하고 잃어버린 에너지와 놀라우리만치 당당하던 자신감을 되찾고 싶은 마음에, 평온한 현재의 삶을 우여곡절 많은 청춘의 방황과 기꺼이 맞바꾸고자 하는 순간이 오기 마련이다.

아이슬란드인 피오르두르가 허드슨만을 떠나기 힘들었던 것도 바로 그래서였다. 소년이었던 그가 성인이

된 곳이자, 영혼에 깊이 각인되어 인생을 송두리째 뒤흔든 사건이 바로 그곳에서 일어났기 때문이다.

소년 피오르두르는 수습 선원의 자격으로 '코르크의 킬리무어' 호를 타고 허드슨만에 도착했다. 도착 즉시 소년은 코갈루크강을 에워싼 드넓은 자연에 매료되었다. 그리고 그 고장의 삶과 숲, 특히 페투아라는 이름의 한 혼혈 소녀를 열정적으로 사랑한 나머지 현재 '킹와'라 불리는 도시 남부의 채굴 작업장에까지 흘러들었다. 당시 그의 나이 열다섯이었다.

피오르두르는 스물여섯 해를 허드슨만에서 보냈다. 서쪽 만에서 북쪽 만으로 그 긴 세월을 떠도는 동안, 페투아는 충직한 썰매견처럼 언제나 그와 함께했다. 시간이 지나며 두 사람은 뗄 수 없는 친구요, 서로 없어서는 안 될 사냥 동료가 되었다.

페투아는 피오르두르와 산 지 열여섯 해 만에 포르투갈인 사냥꾼이 놓은 곰덫에 걸려 과다 출혈로 숨졌다. 둘 사이에는 자식이 없었지만, 피오르두르에게는 오히려 잘된 일이었다. 유랑벽이 있는 사내가 아내 없이 혼자서 자식을 키우지는 못했을 것이기 때문이다.

피오르두르가 마지막 10년을 보낸 곳은 캐나다 북극권에 해당하는 키웨이틴으로, 이곳에서의 삶은 훗날 그가 그린란드 북동부에서 살게 될 삶과 크게 다르지 않았다. 그가 마침내 허드슨만을 떠난 것은, 그의 은밀한 열정이 우연히 밝혀지고 다른 사냥꾼들 사이에 그에 대한 나쁜 평판이 퍼지면서였다. 편협한 이웃의 언행에 크게 실망한 피오르두르는 키웨이틴을 떠나 전설의 섬인 고향 아이슬란드로 돌아갔다.

그러나 귀향 이후 그를 찾아온 것은 깊은 절망과 실망감뿐이었다. 아이슬란드가 변해서는 아니었다. 북극에서 보낸 시간이 그를 다른 사람으로 만들었기 때문이었다. 피오르두르는 외뷘다르피외르뒤르에 거처를 마련해, 하늘과 바다와 양 떼에 둘러싸인 채 몇 해를 슬픔에 빠져 살았다. 용기를 내볼 생각으로 레이캬비크에 가보기도 했지만 그때마다 소동에 휘말렸고, 결국 당국이 그를 팅그바들리르 평원으로 쫓아냈다. 외뷘다르피외르뒤르에서 30킬로미터 떨어진 그곳에서 그는 사람들의 간섭 없이 혼자 술에 취했다 깨기를 반복하며 고독한 시간을 보냈다.

피오르두르가 세 번째로 레이캬비크를 방문한 것은 코펜하겐으로 가는 배에 오르기 위해서였다. 사냥 회사 대표와 몇 차례 편지를 주고받은 끝에 사냥꾼 자격으로 그린란드 북동부로 떠나게 된 터였다.

이미 눈치챘겠지만, 바야흐로 한 노련하고도 경험 많은 사내의 출범이었다. 피오르두르는 그린란드 북동부의 삶에 굳이 적응할 필요가 없었다. 그는 북극 지방의 자유로운 삶에 이미 익숙했고, 고독과 친했으며, 사냥도 잘했다. 짐승의 털가죽을 벗기고 손질하는 일의 전문가요, 100미터 밖에 있는 참새의 꽁지깃을 맞히는 명사수일 뿐 아니라, 밀가루와 물과 납작한 돌 두 개만 갖고도 빵을 만들 줄 아는 사람이었다.

그런 그에게 그린란드 북동부로의 이전은 귀향과 다름없었다. 이따금 우수에 젖어서 허드슨만을 생각할 때도 있었지만 이는 장소가 아닌 페투아에 대한 그리움 때문이었고, 한편으론 은밀한 그의 열정 때문이었다. 피오르두르가 보기에 그린란드 북동부는 다른 어느 곳보다 아름답고 풍요로운 자연을 간직한 곳이었다. 사냥감은 더 많고 사냥꾼의 수는 더 적은 곳, 자신과 영혼의 결이 같은 동료들이 있는 곳이기도 했다.

다시 말하지만 그가 그리워한 것은, 예전에 살던 만도 아니고 잡다한 다른 사냥꾼 무리도 아닌 가슴속의 은밀한 열정이었다. 숨겨진 자신의 열정을 떠올릴 때마다 그는 연인과 만날 날을 며칠 앞둔 열일곱 소년처럼 가슴이 뛰었다. 이 짙은 그리움이 그를 신경질적이고 거친 사내로 만들기 시작했다. 충동을 억누르기 위해 그는 끝없이 자기 자신과 싸웠다. 애써 감춰온 열정이 만천하에 드러나면 죄인처럼 낙인찍혀 이곳에 있는 내내 멸시와 조롱 속에서 보내야 할 터였다.

처음 2년 동안 그는 하우나의 오두막에서 잘 버텨냈다. 은밀한 열정과 거리를 두기 위해 다른 누구보다 열심히 사냥했고, 간혹 까다롭게 굴 때도 있었지만 동료들과도 사이좋게 지냈다. 그런데 3년 째 되던 해, 룸펠곳에 송신기가 설치되며 겹겹이 열정을 싸고 있던 보호막이 갈기갈기 찢기고 말았다. 결국 피오르두르는 제정신이 아닌 상태가 되어 룸펠곳으로 향했다. 코펜하겐에 전보를 치기 위해서였다.

물론 피오르두르가 전보를 쳤다는 사실이 연안에 큰 파장을 일으킬 만큼 대단한 사건은 아니었다. 사냥꾼들 모두가 개통식 날 전보를 쳤으니 말이다. 이날 사냥꾼들은 연안의 고립이 종결되었음을 상징적으로 알리고 모르텐슨 무전기사에게 선의도 베풀 겸, 세계 각지로 메시지를 보냈다. 하지만 개통식 이후로는 아무도 전보를 치지 않았다. 요금이 너무 비싸기도 하거니와, 꼭 필요한 경우가 아닌 다음에야 굳이 모르텐슨을 귀찮게 할 이유가 없어서였다.

그런데 피오르두르가 난데없이 전보를 치겠다고 바람처럼 룸펠곳에 나타난 것이다. 당연히 이런저런 말이 돌기 시작했다. 더없이 조심성 없는 행동인 데다 특히 모르텐슨에게 큰 무례를 범하는 셈이었으니 말이다.

그가 도착하던 날 때마침 룸펠곳에 와 있던 로이비크가 당시 상황을 친구들에게 자세히 설명했다. 그의 말에 따르면, 처음에 피오르두르는 아무 일도 없는 사람처럼 자연스럽게 굴었다. 우연히 근처를 지나다가 닥터와 모르텐슨에게 기분 전환이라도 될까 싶어 잠시 들렀다며, 룸펠곳에 온 진짜 이유는 밝히지 않았다는 것이었다. 피오르두르는 평상시처럼 주는 대로 잘 먹고 잘 받아 마셨지만, 로이비크는 그의 눈빛에서 축축한 무언가를 감지했다. 말하자면, 뭔가 열에 들떠 있는 것 같았다.

그날 저녁, 로이비크는 잠자리에 들었다가 마룻바닥이 삐걱거리는 소리를 들었다. 피오르두르가 발꿈치를 들고서 모르텐슨의 방으로 가는 소리였다. 얇은 나무 벽 너머로 속삭이는 소리가 들려왔다. 피오르두르는 모르텐슨에게 뭔가를 부탁하고 있었다.

"모르텐슨, 넌 여기서 사람들이 털어놓는 얘기에 입을 다물 의무가 있어. 그렇지?"

피오르두르의 물음에 기지 대장은 개인의 비밀을 지

켜주는 것도 자신의 임무에 포함된다고 대답했다. 그러자 피오르두르가 다시 입을 열었다.

"좋아, 그렇다면 말할게. 사실은 코펜하겐에 긴히 보낼 메시지가 있어. 일종의 비밀 같은 건데, 난 이게 발을 달고 온 연안으로 퍼지지 않았으면 하거든. 모르텐슨, 그러니까 비밀을 꼭 지켜줘야 해."

이어 종이에 글씨를 적는 소리가 났고, 곧 피오르두르의 비밀을 읽었는지 무전기사가 키득거리며 웃는 소리가 이어졌다.

"헤헤, 알았어. 충분히 이해해. 여기서는 다들 좀 이상해지잖아? 물론 나랑은 상관없는 일이지만. 모두 합쳐서 6크로네야, 피오르두르."

이윽고 동전 세는 소리가 들려왔다. 피오르두르가 전보 요금을 현금으로 치르는 모양이었다. 로이비크는 예리한 추리력으로 전보의 내용이 꽤 길다는 점을 감지했다. 그가 낙스코우의 숙모님께 안부를 전했을 땐 요금이 1크로네 20오레밖에 나오지 않은 까닭이었다.

피오르두르는 방문을 열고 나가며 재차 당부했다.

"모르텐슨, 네가 입이 무거운 사람이길 바라. 무슨 소린지 알지? 이게 내가 허드슨만에서 들킨 은밀한 열정이거든."

이날 이후, 사냥꾼들은 피오르두르를 두고 진지하게 토론을 벌이기 시작했다. 은밀한 열정을 가진 사내라니, 어딘가 굉장히 특별해 보였다. 모두들 그를 죽음을 앞둔 환자 대하듯 상냥하고 조심스럽게 대했다. 그가 순방길에 올랐을 땐 가는 집마다 제일 좋은 의자와 제일 좋은 침대를 내주고, 화주도 마음껏 마시게 했다. 이런 점에서 보면 은밀한 열정을 갖는다는 게 꼭 나쁘지만은 않았다.

겨울이 가고, 여름이 가고, 가을이 지나갔다. 모두가 피오르두르의 열정에 관해 거의 잊었을 무렵, 그로버만에 걱정스러운 소식이 날아들었다.

헤르베르트와 안톤이 여우 덫을 놓으러 좁은 피오르에 간 날이었다. 덫 설치를 마친 뒤, 두 사람은 혼자 사는 친구의 외로움을 달래주고 카드놀이도 할까 싶어 하우나에 들렀다. 그런데 놀랍게도 집주인이 문을 열어주질 않았다. 헤르베르트와 안톤은 피오르두르가 집 안에 있다고 확신했다. 안에서 인기척이 느껴지는 데다, 화덕에 석탄을 채우는 소리도 들려왔기 때문이다. 두 사람은 창의 덧문을 흔들고, 문을 두드리고, 목이 터져라 고함을 질렀다. 그래도 별다른 반응이 없자 둘은 석탄 창고로 들어가 누웠다. 닐스 노인이 할보르에게 잡아먹히기 전까지 돼지우리로 사용하던 창고였다.

이튿날 아침, 헤르베르트와 안톤은 다시 집주인과 이야기해보려 했지만 허탕만 쳤다. 결국 두 사람은 그의 형편없는 손님 접대에 분개하며 게스 그레이브로 되돌아왔다.

북극에서는 언제든 여행자들에게 자기 집 문을 열어주고 환대하는 것이 불문율로 통했다. 피오르두르가 이 오랜 관습을 무참하게 밟아 뭉개자, 헤르베르트와 안톤은 긴급회의를 소집하며 장소를 톰슨곳으로 지목했다. 톰슨곳은 연안의 중간에 있어서 회의 장소로 사용하기에 큰 무리가 없었다.

사냥꾼들은 모여 앉아 피오르두르의 행동을 두고 진지한 토론을 벌였다. 직접 하우나를 방문했던 헤르베르트는 피오르두르가 빛을 차단하기 위해 덧창 너머에 무언가를 걸어두었으며 문은 굳게 잠겨 있었다고 증언했다.

"뭔지는 몰라도 우리가 보면 안 되는 일을 하고 있는 것 같아. 아니면 아무에게도 말 못 할 사연이 있든가." 그가 말했다.

"빌어먹을 광신도가 된 거야." 매스 매슨이 끼어들었다. "그렇다면 우린 굉장히 신중해야 해. 광신도들은 정말 위험하거든. 말하자면 병에 걸린 거라고. 그것도 아주 고약한 전염병에."

어린 시절 내내 종교 교리를 엄격하게 지키는 어머니에게 시달린 백작이 고개를 끄덕여 동의를 표했다.

"종교 자체로는 나쁜 게 없긴 해." 그가 말했다. "항상 꽉 막힌 사람들이 있어서 문제지. 그들은 진짜 기독교인과 악마의 다른 점을 모르거든."

밸프레드가 쿠션을 접어 베고는 가지런한 치아를 드러내며 환하게 미소 지었다. 그는 저녁식사를 마치고 매스 매슨의 침대에 누워 쉬던 참이었다.

"있잖아, 내가 옛날에 그런 광신도를 만난 적이 있어." 그가 신이 나서 말했다. "슬라겔세의 도살장에서 수습생으로 일하던 때였지. 녀석은 꼭 서커스 단장 같았어. 온갖 걸 이끌고 다녔거든. 커다란 천막에, 무슨 연습이라도 한 것처럼 완벽한 할렐루야 소리에, 합창단까지…… 정말 난리도 아니었다고. 기도 시간에 맞춰 가면 커피와 케이크를 얻어먹을 수 있었는데, 그건 좋았지. 시편이나 좀 옹알거리고 적절한 지점에서 '호산나'랑 '아멘'을 외치기만 하면 됐으니까. 그 선교사 이름은 스벤슨이었어. 광신도 스웨덴 사람이었지, 헤헤. 아, 그리고 술을 혐오했어. 어디까지나 그 자식의 주장이었지만."

밸프레드가 팔꿈치를 괴고 몸을 살짝 일으켰다.

"그때 내가 스웨덴어를 조금 배웠는데, 들어봐." 그러곤 혀로 윗입술을 정돈한 뒤 R 발음을 굴리며 인용문을 낭독했다. "Mon botar inte faen med djävlen. 그 스벤슨이라는 놈이 늘 하던 말이야."

이때 라스릴이 끼어들었는데, 그의 스웨덴어 실력이 얼마나 뛰어난지 다들 깜짝 놀랐다. 그가 말뜻을 알아듣지 못한 사냥꾼들에게 '악마로 사탄을 치유할 수는 없다'라는 뜻이라고 설명하자, 밸프레드도 마지못해 고개를 끄덕였다.

"맞아, 그런 뜻이었던 것 같아. 사실 여태 그런 의미가 있는 줄은 몰랐는데, 어쨌든 스웨덴 말이라는 건 확실해. 아무튼 이 빌어먹을 작자가 슬라겔세를 엉망으로 만들었어. 도시에 금주령을 내렸거든. 상인들도 죄다 주님의 은혜를 받았는지, 술이라면 한 방울도 팔지 않았어."

밸프레드가 그 고통스러운 기억을 떠올리며 한숨을 깊이 내쉬었다.

"그래도 다행히 스벤슨이 소뢰에는 발을 들여놓지 않았어. 덕분에 토요일마다 거기 가서 기분 좋게 취할 수 있었지. 물론 슬라겔세에서 마시는 거랑은 많이 달랐지만. 자전거를 타고 집으로 돌아오는 길에 술이 다 깼거든. 염병할 스벤슨, 그 광신도 놈!"

그는 다시 드러누워 잠시 생각에 잠긴 표정으로 위층 침대 바닥에 시선을 고정했다.

"헤헤, 그런데 천만다행으로 이 광신도 양반이 빈데가데에서 제법 가파른 계단을 내려가다가 목이 부러졌지 뭐야. 계단 아래 있던 스티나 아주머니의 불법 가게로 가던 길이었지. 그 성스러운 천막 안에는 변절자들이 잔뜩 있었어. 이 사기꾼 자식도 매일 밤 자선 공연을 마친 뒤 하느님의 영광을 찬양한답시고 감독이랑 거기 가서 맥주와 독주를 퍼마셨던 거야. 그것도 외상으로. 그 사실을 알고 난 천사처럼 행복해졌어. 선교사들도 인간이며, 하느님이 공명정대한 분이란 걸 깨달았으니까."

독백을 마치고 밸프레드는 졸린 눈을 깜빡였다. 이 정도면 저녁 밥값은 충분히 한 것 같았다. 이제 편히 쉴 차례였다.

여러 해를 군에서 생활한 중위는 피오르두르가 수음에 빠졌다는 주장을 내놓았다.

"내 생각엔 그 친구가 탈선을 한 것 같아. 여자에 대한 욕구가 통제 불가능한 지경이 된 거지. 그래서 앞뒤 안 가리고 입에 담기도 어려운 짓을 벌이는 거야." 한센은 심각한 얼굴로 주위를 둘러보았다. 그는 수음의 위험성을 잘 알고 있었다. 수음은 폐 질환과 척수염, 퇴행성 관절염, 뇌 손상을 야기하는 무서운 질병이었다.

회의에서 아직 완전히 떠나지 않은 밸프레드가 눈도 뜨지 않은 채 소리쳤다.

"그럴 땐 양모 팬티를 벗고 남동풍을 향해 달려야 해. 그럼 좋아지지. 헤헤, 안톤한테 물어봐. 잘 알 거야."

안톤이 고개를 끄덕였다.

"피오르두르가 엠마를 만나지 못한 게 안타까워요." 얼굴을 붉히며 그가 말했다. "그 여자랑 같이 있으면 괜찮았거든요."

사냥꾼들은 잠시 엠마의 추억에 빠졌다. 달콤한 침묵을 깨고 먼저 입을 연 사람은 시워츠였다.

"이건 종교 문제도 아니고 여자 문제도 아니야. 갈증 때문이지. 단순히, 그리고 순전히 갈증 때문이라니까! 두고 보면 알 거야. 분명해. 피오르두르는 토요일마다 술을 내려서 일요일마다 퍼마시는 거야. 주중에는 머리가 아파서 잔뜩 찌푸리고 있을걸."

헤르베르트가 시워츠를 쳐다보았다.

"시워츠, 네 말이 맞아. 우리가 들른 게 토요일이었거든. 빌어먹을 놈, 그래서 토요일에도 일요일에도 문을 열어주지 않았나 봐."

"거봐, 내가 뭐랬어?" 시워츠가 거만한 표정으로 주변을 둘러보았다.

"허튼소리 작작해." 종교를 포기하지 못한 매스 매슨이 눈살을 찌푸렸다.

배움에 굶주린 라스릴은 은밀한 열정이라는 이 생소한 말에 궁금증을 못 이기고 천진난만하게 물었다.

"은밀한 열정이라는 게 뭐예요?"

비요르켄이 다정한 눈길로 수습생을 바라보았다.

"걱정 마, 먹는 건 아니니까. 네가 그것 때문에 고통받을 일도 없어. 그런 걸 가지려면 상상력이 필요하거든. 감정도 필요하지. 사람의 마음을 싹 다 갉아먹어서 건강하던 얼굴을 노랗게 만드는 감정. 원형탈모와 치아 손실을 유발하고 우울증까지 겪게 하는 그런 감정 말이야. 어이, 어린 친구, 은밀한 열정이란 성인 남자를 매 맞는 아이처럼 울게 할 수도, 5크로네를 건 다크호스가 1등으로 도착했을 때처럼 행복에 겨워 웃게 할 수도 있어. 죽은 자를 살릴 수도, 산 자를 죽일 수도 있다고."

"아, 정말 엄청난 거네요." 라스릴이 놀라 말했다. "피오르두르가 너무 힘들겠어요."

백작으로 말하자면 모두가 알다시피 자기만의 열정

을 가지고 있어서 사냥 오두막 뒤편에 감자와 호밀을 키우고 그로버만의 남쪽 해안 근처에 시범 삼아 온실을 만들어 포도나무까지 심은 터였다. 이제 그런 그가 나지막한 목소리로 입을 열었다.

"사실 우린 피오르두르의 열정에 대해 아는 게 거의 없어. 어떤 점에서 보면 우리가 참견할 일도 아니고. 게다가 남에게 해만 안 된다면 어떤 열정이든 누구나 가질 권리가 있잖아? 그러니 피오르두르가 주말을 혼자 즐기길 원한다면 아무도 이래라저래라 강요할 수는 없다는 게 내 생각이야."

헤르베르트가 탁자 위로 몸을 기울였다.

"네 말이 맞아, 백작. 우리가 뭐라고 할 일은 아니야. 피오르두르의 열정이 우리에게 해가 되지 않는다면 모르는 척하는 게 맞아. 하지만 확실히 해두어야 할 게 하나 있어. 안톤과 내가 석탄 창고에서 자던 날에는 날씨가 엄청 추웠다고. 그런데도 피오르두르는 불 켜진 오두막 안에서 자기 혼자 열정이랑 따뜻하게 있었지. 염병, 그때 내 기분이 얼마나 더러웠는지 알아?"

매스 매슨은 탁자 밑으로 다리를 길게 뻗고서 배 위로 두 손을 마주 잡더니 천천히 고개를 저었다.

"뭔가 이상해. 헤르베르트, 집 안에서 정말로 무슨 소리가 들렸어?"

"피오르두르가 화덕에 석탄 집어넣는 소리랑 걸어다니는 소리가 들렸지. 그것 말고는 조용했고."

"거봐, 성경이라니까!" 매스 매슨이 자기 의견을 고집했다. "피오르두르는 분명히 성경을 읽고 있었을 거야. 책을 읽을 땐 아무 소리도 안 나잖아."

"아니, 술이야! 술을 마실 때도 소리는 안 나." 시워츠가 반박했다.

"수음이야! 그렇게 따지면 수음을 할 때도 조용해." 중위가 소리쳤다.

그때껏 가만히 듣고만 있던 로이비크가 고개를 가로저었다.

"아니야, 모두 틀렸어." 그가 단호하게 입을 열었다. "그런 건 너무 평범해서 비밀로 간직할 이유가 없거든. 성경을 읽든, 죽도록 술을 퍼마시든, 거시기를 만지작거리든, 우리 중 누가 이상하게 생각하겠어? 그건 피오르두르도 알 거야. 내가 보기에 녀석의 열정은 완전히 새로운 게 아닐까 싶어. 아무리 자유로운 상상력을 발휘해도 짐작조차 못 할 그런 거. 비요르켄, 조금 전에 열정은 먹는 게 아니라고 했지? 그럼 몇 년 전에 있었던 소푸스 봉봉 사건은 뭔데? 녀석의 열정은 먹는 거였잖아."

나이 든 사냥꾼들 가운데 몇몇이 고개를 끄덕였다.

"로이비크, 그런 열정도 있어요?" 소푸스를 모르는 라스릴이 물었다.

"아, 그럼." 로이비크가 설명을 시작했다. "언젠가 소푸스가 겨우내 '검은 여인의 입맞춤'을 꿈꾸며 보낸 적이 있어. 초콜릿 위에 코코넛 가루를 뿌린 진짜 검은 여인의 입맞춤 말이야. 정말 대단한 열정이었지. 매일 그 얘기만 했으니까. 몇 년 전에 죽은 얄이 그의 동료였는데, 얄은 소푸스의 열정 때문에 거의 미칠 지경이었어. 베슬마리호가 도착하자 소푸스는 올슨에게 입맞춤을 가져다달라고 부탁했어. 그러곤 이듬해 배가 다시 오기까지 1년 내내 그놈의 입맞춤을 기다렸지. 우리 모두 그것 때문에 얼마나 괴로웠는지 몰라."

"그걸 정말 1년이나 기다렸어요?" 라스릴이 물었다.

"그럼, 당연하지. 달리 어쩌겠어? 정부가 그 녀석을 위해 특별 배편이라도 보내줬을 것 같아?" 로이비크가 말을 이었다. "시련이 컸지만, 어쨌든 그렇게 1년이 지나갔어. 얄은 그 당시 비어 있던 그로버만에 가서 지냈지. 소푸스가 검은 여인의 입맞춤 얘길 너무 해서 넌덜머리가 났거든. 그동안 소푸스는 내내 뭔가를 만들었는데, 누구도 본 적 없는 엄청난 선반이었어. 녀석은 한쪽 벽면을 선반으로 몽땅 채우고, 그걸 365개의 작은 칸으로 나눴어. 1년 동안 먹을 검은 여인의 입맞춤을 하나씩 넣어둘 생각이었지. 다들 기억나?"

"맞아, 그 얘기 들었어. 내가 오기 몇 년 전에 있었던 일로 기억하는데." 매스 매슨이 말했다.

"정말 환상적인 선반이었어." 로이비크가 친구들을 둘러보며 말을 이었다. "다들 선반을 구경하겠다고 먼 길을 한달음에 달려올 정도였지. 게다가 배가 도착해서 소푸스가 선반을 입맞춤으로 칸칸이 채우는 모습은 또 어떻고? 진짜 굉장했어. 벽이 꼭 예술 작품 같았다니까."

"정말 대단하네요!" 라스릴이 말했다. "달력이랑 비슷했겠어요."

"그래, 그렇게 볼 수도 있겠지." 로이비크가 대답했다. "하지만 진짜 달력이 되지는 못했어."

"왜요?" 라스릴은 자기 뜻을 굽히지 않았다. "하루에 입맞춤을 하나씩 먹는다고 쳐봐요. 그러면 남은 입맞춤을 세어보고 며칠이 흘렀는지 알 수 있잖아요. 몇 월, 몇째 주, 무슨 요일인지도 금세 알 수 있고요. 아마 연도도 따질 수 있을걸요."

"라스릴, 너 완전히 멍청한 건 아니구나!" 로이비크가 짐짓 놀란 시늉을 했다. "그런데 일이 그렇게 되지가 않았어. 소푸스가 미쳐서 입맞춤을 쉰 개나 더 주문했거든. 당장의 욕구를 해소하려고 넉넉히 시킨 거지. 녀석은 1년 동안 먹을 비축품을 선반에 정리해 넣자마자 남은 쉰 개의 입맞춤에 달려들었어. 그러고는 15분 만에 몽땅 먹어치웠지. 진짜 대단한 열정이었어."

"말도 안 돼!" 백작이 입을 쩍 벌리고 로이비크를 쳐다보았다. "그래서 죽었어?"

"아니, 희한하게도 소푸스는 죽지 않았어. 대신 열정이 죽었지. 소푸스는 앞으로는 두 번 다시 검은 여인의 입맞춤은 쳐다보지도 않겠다고 위대한 신들 앞에 맹세했어. 이틀 내내 미친 듯이 구토를 해대면서 말이야."

"그럼 선반에 남은 건 전부 어떻게 됐어요?" 라스릴이 물었다.

로이비크는 웃음을 터뜨렸다.

"그건 얄이 책임졌어. 소푸스가 검은 여인의 입맞춤은 꼴도 보기 싫어해서 녀석과 기지를 바꿔야 했거든. 전에 살던 기지로 복귀한 얄은 파티를 열고 사냥꾼들을 전부 초대해서 입맞춤을 표적 삼아 아주 재미난 사격 대회를 벌였어. 그걸 맞힐 때마다 한 잔을 꽉 채운 독주가 경품으로 나왔다고. 처음에는 아주 식은 죽 먹기였어. 그런데 술이 자꾸 들어가니까 맞히기가 어찌나 힘들던지! 마지막 입맞춤 세 개는 다섯 시간이나 선반에 남아 있었다니까. 죄다 취해서 아무도 조준경에 눈을 제대로 갖다 붙이지 못했거든."

이제 로이비크는 이렇게 자신의 발언을 마무리했다.

"이게 내가 피오르두르의 열정이 뭔가 완전히 새로운 것이리라 생각하는 이유야. 우리 중 누구도 상상할 수 없는 그런 것 말이야. 다른 모든 것, 심지어 검은 여인의 입맞춤조차 그에 비하면 아무것도 아닐걸. 그리고, 난 백작의 말이 옳다고 봐. 남의 일에 괜히 간섭할 필요 없어." 그가 근엄한 표정으로 헤르베르트를 바라보았다. "하룻밤 석탄 창고에서 잔다고 죽지는 않잖아. 다만 열정 때문에 피오르두르가 괴로워한다면, 그땐 우리가 개입하는 게 좋겠지. 그게 친구의 도리니까."

그날 모임에서 나온 가장 분별 있는 말이었다. 언제나처럼 매스 매슨이 뜻을 굽히지 않고 고집을 부렸지만, 사냥꾼들은 열정의 실체를 신비로움 속에 남겨두고 피오르두르가 괴로워하는지 아닌지만 알아보기로 했다. 이에 백작과 로이비크가 피오르두르의 상태를 확인하기 위해 하우나로 파견되었다.

이튿날 아침, 날이 밝자마자 두 특사는 길을 나섰다.

그들은 눈이 거의 쌓이지 않은 홈Hom 지역의 앞쪽을 가로질러 해안을 따라 하우나만에 도착했다. 처음 며칠은 날씨와 통행 여건이 좋았지만, 마지막 날이 되자 상황이 나빠졌다. 구름이 산허리를 뒤덮으며 빙판 위로 얼음처럼 차가운 안개가 짙게 깔렸다. 두 사람은 안개 때문에 앞서 걷는 개들조차 볼 수 없는 상태로 길을 따라 나아갔다. 길잡이 개가 없었다면 오두막에 도착하는 건 꿈도 못 꿀 완벽한 어둠이었다. 선두를 달리던 개가 갑자기 내륙 쪽으로 방향을 꺾어 언덕을 올랐고, 높은 곳에 도착하자 저 멀리 피오르두르의 집이 그림자처럼 희미한 모습을 드러냈다.

로이비크가 개들을 멈춰 세웠다.

"지금이 밤이야, 낮이야?"

그의 물음에 백작이 썰매에서 내려와 뻣뻣하게 굳은 무릎을 펴고는 회중시계를 꺼내서 성냥불에 비추었다.

"어디 보자. 엘리자베스곳에서 한숨 자고 길을 나선 게 새벽 5시였지? 엘리자베스곳까지는 꼬박 이틀을 달렸고, 톰슨곳에서는 아침에 출발했고. 그러니 지금은 오후 4시쯤 됐을 거야."

"그럼 토요일 오후겠네." 로이비크가 채찍 끝으로 집을 가리키며 말을 이었다. "그런데 불이 꺼진 것 같은데?

피오르두르가 없는 거 아냐? 백작, 오늘이 토요일인 게 확실해?"

백작이 고개를 저었다.

"전혀 모르겠어. 어쨌든 토요일일 가능성이 다른 요일일 가능성만큼 높긴 하지. 분명한 건 지금이 2월이라는 거야. 벌써 3월이 된 게 아니라면 말이지만."

"2월은 짧아. 3월은 늘 언제 오는지도 모르게 오고." 로이비크가 상기시켰다.

백작이 곱은 다리를 펴느라 무릎을 몇 차례 굽혔다 펴고서 말했다.

"그럼 토요일인 걸로 해. 토요일이면 아마 집에 있을 거야. 벽에다 귀를 대고 들어보면 무슨 소리든 들리겠지."

로이비크는 채찍을 내려놓은 뒤 개들이 끌고 가지 못하도록 썰매를 뒤집었다.

"안톤과 헤르베르트가 왔을 때도 토요일이었다고 했어."

"녀석들이 어떻게 요일을 알았지?"

"안톤이 알려줬을 거야. 그 녀석은 날짜를 세거든. 너한테만 말하는 건데, 안톤은 일기를 쓴다고."

백작은 무릎을 굽힌 상태로 꼼짝도 하지 않았다.

"정말? 어떻게 매일 쓸거리를 찾아낼 수 있지?"

로이비크가 코를 훌쩍이며 대답했다.

"그 왜, 그런 쪽에 재능이 있는 사람들이 있잖아. 그리고 안톤이 휘갈긴 거 말이야, 그렇게 바보 같지만은 않더라고."

"봤어?" 백작이 놀란 표정으로 동료를 향해 고개를 돌렸다.

"그럼, 봤지. 일전에 게스 그레이브에 갔을 때 헤르베르트가 보여줬어. 안톤은 덫을 살피러 가고 없었는데, 헤르베르트 녀석이 동료 자랑을 좀 하고 싶었나 봐." 로이비크가 채찍 손잡이로 수염에 붙은 얼음을 털어낸 뒤 말을 이었다. "솔직히 꽤 그럴싸하더라고. 짧은 소설 비슷하기도 하고, 뭔가 엄청 복잡했어. 하늘은 색이 어떻고, 날씨가 어떻고, 사냥은 어땠고, 감정은 어떤지, 뭐 그런 얘기들이 잔뜩 있었지. 특히 감정에 대한 얘기가 정말 많았어. 그 얘기만 거의 매일 한 쪽씩 됐으니까."

"흠, 그것참 흥미롭네." 백작이 중얼거리곤 장갑 한쪽을 벗더니 요란한 소리를 내며 코를 풀었다. 비강 내 물질은 밖으로 나오자마자 진주 묵주 모양으로 얼어붙었다. 그가 꽁꽁 언 콧물을 발뒤꿈치로 밟아 눈 속에 파묻고 말했다. "그러니까 안톤과 헤르베르트도 토요일에 왔다는 거지? 뭔가 묘하네. 종교에 반감만 없었다면 나도 아마 매스 매슨의 말에 동감했을 거야. 어딘지 종교적인 냄새가 나니까. 왜, '안식일을 지키라' 운운하는 소리 있잖아."

헤르베르트가 썰매에 올라서서 집을 살펴봤다.

"피오르두르가 지금 저 안에 있고, 우리가 보면 안 될 뭔가를 한다고 상상하니까 기분이 좀 이상해. 들킬까 봐 엄청 불안하겠지? 안 그러면 왜 저렇게 문을 꼭꼭 닫아뒀겠어? 그리고 오늘은 토요일이 분명해. 딱 느껴지는 게 있거든. 난 늘 토요일 냄새를 잘 맡는다고. 어딘지 우울한 냄새. 상점은 죄다 문을 닫았지, 일요일은 다가오지, 슬퍼서 울고만 싶어지는 그런 냄새 말이야."

백작은 따뜻한 장갑 속에 손을 집어넣고 다시 무릎을 굽혔다 펴기 시작했다.

"주말이라 피오르두르가 일을 안 하는 건 분명해. 그런데 녀석이 우리도 안 들여보내주면 어떻게 하지? 오늘 밤엔 석탄 창고가 굉장히 추울 텐데."

두 사람은 귀를 곤두세운 채 까치발로 집 둘레를 한 바퀴 돌았다. 안에서 인기척이 느껴지자 로이비크는 채찍 손잡이로 현관문과 창의 덧문을 조심스럽게 두드렸다. 물론 강요할 생각은 아니었고, 혹시라도 피오르두르가 마음을 바꿔 손님들을 안으로 들이려면 무슨 소리든 들어야 했기 때문이다. 하지만 그런 경우는 아닌 모양이었다.

결국 로이비크의 성질이 뻗쳤다.

"문 열어, 이 얼간이 녀석!" 그가 고함쳤다. "썩을 놈, 이게 뭐야? 이렇게 추운데 우릴 계속 밖에 둘 작정이야?" 그는 소리를 질러대며 아픈 사람에게 하지 말아야 할 말까지 내뱉어 백작의 지적을 받았다.

집 안에서는 피오르두르가 식탁에 앉아 자기만의 열정에 빠져 있었다. 얼마나 깊이 몰두했는지 바깥에서 손님들이 내는 소리도 거의 듣지 못했다. 소리가 너무나도 멀게 느껴져, 그는 그저 꿈결이나 망상 속에서 들려오는 소리겠거니 생각했다.

수차례 불러도 반응이 없자 로이비크와 백작은 썰매로 되돌아갔다.

"그 자식, 안에 있어." 로이비크는 화가 나서 소리쳤다. "문틈으로 빛이 새어 나오는 걸 봤다고."

백작이 팔을 크게 휘둘러 등을 두드렸다. 날이 얼마나 추운지 그의 몸은 온통 얼음장처럼 굳어 있었다.

"헤르베르트가 왜 화를 냈는지 알겠어." 그가 말했다. "그래도 섣불리 행동하면 안 돼. 집에 들어가서 무슨 일인지 확인하는 게 먼저야."

"알았어." 로이비크는 고개를 끄덕인 뒤 어둠 속에서 오후의 날씨를 살폈다. "여기 더 있다가는 엉덩이가 얼어서 썰매에 들러붙고 말 거야. 그래서 말인데, 다락으로 들어갈 수는 없을까? 합각머리에 내리닫이창이 있잖아. 그리로 들어가면 다락 안에 거실로 통하는 문이 있을 거야."

박공 아래 수북이 쌓인 눈더미 덕분에 백작과 로이비크는 어려움 없이 내리닫이창으로 기어 올라갈 수 있었다. 그들은 소리 없이 창을 열어 다락으로 들어갔다. 이윽고 백작이 거실로 연결되는 뚜껑문을 발견하고 살며시 열었다.

"뭐가 보여?" 흥분한 로이비크가 최대한 목소리를 낮춰 속삭였다.

백작은 뚜껑문 너머로 고개를 들이밀었다.

"조금 더 몸을 내밀어야겠어. 꽉 잡아. 내가 구멍 밖으로 더 숙여볼게."

백작의 말에 로이비크는 뚜껑문 뒤로 가서 쇠고리를 붙잡았다. 백작은 빼빼 마른 몸을 문틈으로 내밀어 거실을 들여다보았다. 화덕과 석탄 통, 그리고 식탁 너머로 삐져나온 피오르두르의 다리가 보였다. 틱틱 하고 뭔가 부딪치는 소리가 들렸다. 흥분되는 순간이었다. 피오르두르는 대체 무엇을 하고 있는 걸까?

궁금증을 이기지 못한 백작이 조금 더 앞으로 몸을 내밀자 피오르두르의 모습이 한눈에 들어왔다. 백작은 놀라서 눈이 휘둥그레졌다. 문틀을 붙잡는 것도 잊는 바람에 그는 균형을 잃고 비명을 지르며 식탁과 화덕 사이로 굴러떨어졌다.

갑작스러운 백작의 등장에 피오르두르는 그대로 얼어붙었다. 유령이라도 본 듯한 표정이었다. 그의 심장이 얼마나 세게 요동치는지 다락까지 그 소리가 들릴 정도였다.

백작이 눈을 깜박였다. 그는 몸을 일으켜 피오르두르가 손에 쥔 물건에 시선을 고정했다.

"피오르두르! 너 뜨개질을 하던 거였어?" 그가 소리쳤다.

피오르두르는 식탁 밑으로 뜨개질감을 숨기고 씩씩거렸다.

"그래, 그럼 내가 그물을 엮겠어? 이 개자식." 그가 의자에서 일어서더니 식탁 너머로 팔을 뻗어 백작의 멱살

을 잡았다.

로이비크가 뚜껑문을 활짝 열어젖히고는 고개를 내밀어 소리쳤다.

"백작, 무슨 일이야? 아직 이 세상에 있는 거지?"

피오르두르는 식탁 위로 백작을 잡아끌었다. 이어 그를 자기 눈높이까지 들어 올리더니 자두나무 흔들 듯 흔들기 시작했다.

"뭐 이런 엿 같은 경우가 다 있지?" 피오르두르가 불같이 화를 내며 고함을 쳤다. "감히 날 염탐하고, 남의 사생활을 엉망으로 만들어?"

그는 백작을 질질 끌고 현관으로 가서 빗장을 푼 뒤 정확한 발길질로 손님을 얼어붙은 눈 위에 내동댕이쳤다. 그런 다음 문을 다시 걸어 잠그고 이번에는 다락 뚜껑문 아래로 다가갔다.

"그래, 그 자식 아직 살아 있어." 피오르두르가 뚜껑문을 향해 소리쳤다. "하지만 당장 그 대가리 치우지 않으면 넌 백작 같은 행운을 누리지 못할 거야."

로이비크는 피오르두르의 손이 닿지 않도록 고개를 다락 안으로 물리고는 잠시 상황 파악의 시간을 가졌다. 결국 그거였구나. 로이비크가 옳았다. 누가 그 열정이 뜨개질이라고 상상이나 했겠는가.

"피오르두르, 그런데 너 지금 뜨개질 코를 하나 빠뜨린 사람 같은 표정이야." 로이비크는 농담을 던지고는 자신의 영감이 시키는 대로 말을 이었다. "그럴 때 정말 짜증 나잖아. 나도 그런 적 여러 번 있거든. 뜨개질은 진짜 너무 어려워. 뭐, 나한테는 그렇다고."

피오르두르는 식탁 위에 털썩 앉았다. 분통을 터뜨려야 마땅한 상황이건만 이상하게 화가 나지 않았다. 다만 앞으로 벌어질 일이 눈앞에 선명히 그려질 뿐이었다. 열정이 밝혀졌으니 허드슨만에서와 똑같은 일이 벌어질 터였다. 다들 그가 뜨개질하는 모습을 구경하겠다고 몰려와서 조롱하며 상처 주는 말을 퍼부을 것이었다. 그러면 그는 주먹을 휘두를 테고, 결국 주변의 냉대 속에 설 자리를 잃을 게 뻔했다.

로이비크는 다락에 엎드린 채 뚜껑문 틀을 움켜쥐고는 비스듬한 시선으로 피오르두르의 눈치를 살폈다.

"사실, 난 좀 이상해." 그가 다정한 어조로 말을 이었다. "사람들이 왜 뜨개질을 아줌마들이나 하는 거라고 생각하는지 모르겠단 말이지. 얼마나 재미있는지 모르는 모양이야. 난 여태 제대로 성공한 적이 없어. 재능이 없어서 그런가? 밑에서 위로 짜 올리는 건 괜찮은데, 소매 부분에 가서 늘 실패하거든."

피오르두르가 고개를 들더니 침통한 표정으로 로이비크를 바라보았다.

"로이비크, 너도 뜨개질을 해?"

"그럼. 몇 년 전 일이긴 하지만." 로이비크가 대답했다. "그래도 간단한 기술은 기억나. 너만 괜찮다면 한번 해보고 싶네." 로이비크가 바닥으로 훌쩍 뛰어내리더니 식탁에 자리를 잡고 앉아 물었다. "바늘이랑 실을 좀 빌려도 될까, 피오르두르?"

피오르두르는 고개를 끄덕였다. 로이비크는 제대로 바늘을 잡고 털실을 왼손 검지에 두른 채 뜨개질을 하기 시작했다.

"세상에! 정말 뜨개질을 할 줄 아네…… 진짜였구나!" 피오르두르의 목소리는 놀라움에 떨리고 있었다.

"연습만 좀 하면 될 것 같아." 로이비크가 뜨개질한 것을 들어 올리곤 평론가의 눈으로 매듭을 살폈다. "우리 아버지가 뜨개질을 하셨거든. 아버진 유틀란트 서부에서도 가장 어두운 지역 출신이신데, 거기서는 다들 저녁마다 뜨개질을 했대. 그건 그렇고, 내가 솔기 없이 뜨는 법을 배우고 싶은데 말이야. 동그란 뜨개바늘로 하는 그거 있잖아. 너무 어려우려나?"

피오르두르가 벌떡 일어섰다. 강렬한 기쁨이 그를 사

로잡았다. 그는 로이비크의 뒤에 선 채 동료의 굵직한 손가락이 규칙적으로 움직이는 모습을 지켜보았다. 습관이 덜 들었을 뿐 손놀림은 정확했다. 피오르두르는 그의 어깨에 다정히 손을 올렸다.

"친구, 내가 전부 가르쳐줄게. 동그랗게 뜨는 거랑 겉 뜨기, 안뜨기, 사슬뜨기, 무늬 짜기, 코 마무리까지 죄다." 그가 활짝 미소를 지으며 두툼한 양 손바닥을 비볐다. 그러곤 행복한 얼굴로 말했다. "꿈만 같아! 뜨개질하는 사냥꾼을 만나다니! 이건 운명이야, 로이비크!"

두 사람은 백작을 안으로 들였다. 피오르두르와 로이비크가 뜨개질 시범을 보이고 토론하며 솜씨를 겨루는 동안, 백작은 식사를 준비해 상을 차리고 설거지를 했다. 이날 저녁, 백작과 로이비크는 노간주나무주를 넣은 커피까지 즐길 수 있었다. 밤이 깊도록 두 사람은 뜨개바늘에서 손을 떼지 않았다.

며칠 뒤, 백작과 로이비크가 하우나를 떠날 때 피오르두르는 썰매가 있는 곳까지 배웅을 나왔다.

"이제 우리 사이에 비밀은 없어." 그가 미소를 지었다. "그러니 두 사람이 본 그대로 소식을 전해도 좋아."

백작은 짐칸에 자리를 잡고 앉아 커다란 체크무늬 모

포로 무릎을 덮었다.

"피오르두르, 여기선 뜨개질하는 걸 감출 필요가 없
어." 그가 말했다. "허드슨만에서 그런 일이 있었다니 이
해는 하지만, 우린 좀 다르거든. 허드슨만 사람들과도
다르고 다른 어느 곳 사람들과도 다르지. 난 네가 세련
되고 평화로운 취미를 가졌다고 생각해. 만약 농사에
빠지지 않았다면 나도 틀림없이 뜨개질을 배웠을 거야."

로이비크가 채찍을 휘둘렀다.

"뜨개질이 정말 재밌긴 하지. 그런데 곤란한 점도 있
어. 한번 시작하면 바늘을 놓을 수 없거든. 두고 봐, 내
이름을 걸고 맹세하는데, 마른 가지에 불붙듯 이제 곧
뜨개질이 온 연안에 유행할 거야."

백작과 로이비크가 톰슨곶에 도착해 방문 결과를 보
고하자 사냥꾼들은 피오르두르의 열정이 그렇게나 순
수하다는 사실에 안도했다.

"흥, 마음대로들 지껄여봐." 매스 매슨이 말했다. "피
오르두르처럼 저렇게 한 가지 일에 매달리는 것도 일종
의 종교야. 내가 말하려던 게 바로 그거였다고."

사냥꾼들은 매스 매슨의 말에 동의를 표했다. 세상에
는 부딪쳐봐야 소용없는 사람들이 언제나 있기 마련이

니까. 로이비크는 시범을 보여달라는 비요르켄의 요청에 바늘을 꺼내 들었다. 그러곤 저녁이 다 가기도 전에 비요르켄을 위한 요리용 장갑과 검은 머리 빌리암을 위한 머리띠를 완성했다. 사내들은 뜨개질에 큰 관심을 가졌고, 꽤 많은 사람들이 이 기술을 배우고 싶어 했다.

로이비크의 말은 현실이 되었다. 뜨개질이 온 연안을 점령했다. 어느새 뜨개질을 안 하는 집이 없게 되었으니, 이듬해 여름 올슨 선장은 베슬 마리호의 닻을 내리며 각자 자기 작품을 손에 들고 톰슨곶 벤치에 앉은 사냥꾼들을 보고 놀라지 않을 수 없었다. 양모 스타킹에서부터 무릎 보호대, 깜찍한 요정 모자, 통장갑, 목도리와 내복에 이르기까지, 그는 유례없이 많은 선물을 받았다. 무릎 보호대는 낡은 아이슬란드 스웨터를 풀어서 다시 짠 것이었고, 빨간색 내복은 기분이 좋아진 피오르두르가 자기가 입으려고 뜬 것을 얼떨결에 선물한 것이었다.

올슨은 고마움을 표현했을 뿐, 연안을 사로잡은 새로운 열정에 대해서는 별다른 얘기를 하지 않았다. 사냥꾼들이 뜨개질로 긴 겨울을 보내기로 했다면 그들에게는 잘된 일이고 그로서는 상관할 바가 아니었다. 덫을 돌보는 일을 게을리 하지만 않는다면 반대할 이유가 없었다.

그렇지만 올슨의 입이 닫혀 있다고 머리까지 멈춘 것은 아니었다. 이 일에 대해 곰곰 생각해본 결과, 그는 뜨개질에 큰돈이 숨어 있다는 사실을 깨달았다. 1년 동안 사냥꾼들이 뜨개질을 해서 만들어낼 수 있는 옷의 양은 상당할 것이었다. 이 손뜨개 옷을 헐값에 사서 노르웨이로 가져가면 비싼 값을 받고 팔 수 있지 않을까? 손쉬운 돈벌이의 가능성을 발견한 올슨은 주섬주섬 빨간 내복을 챙겨 입었다. 무릎 보호대도 차고, 요정 모자도 썼다. 사냥꾼들에게 자기가 선물을 얼마나 마음에 들어하는지 보여주기 위해서였다.

돌아가는 길, 올슨에게 더 좋은 생각이 떠올랐다. 베슬 마리호가 빙하를 헤치고 공해로 들어서던 찰나였다. 그래, 사냥꾼들에게 직접 털실을 만들게 하는 거야! 털갈이 시기면 골짜기마다 널린 게 사향소 털이었다. 사냥꾼들에게 털 고르는 솔과 물레만 가져다주면 머잖아 창고가 희귀 상품으로 채워질 터였다. 돈방석에 오를 생각에 잔뜩 흥분한 그는 저도 모르게 부관의 등을 철썩 때리고는 키잡이에게 노간주나무주를 가져오게 했다.

백작의 유산

—

신의 은총을 입은 볼메르슨과 지혜에
뿌리를 내린 백작, 그리고 적잖이 당
황한 올슨 선장의 이야기

연안에 사는 사람들은 백작을 다른 이들과 특별히
다르다고 생각하지 않았다. 백작이 남과 다르다면, 이
세상에 다르지 않을 사람이 없기 때문이었다. 모두들 백
작을 여느 동료들과 똑같은 평범한 사냥꾼으로 대했
다. 백작의 사냥 기록이 회사의 두꺼운 회계 장부 안에서
늘 적자 난을 차지한다는 사실도 아무 상관이 없었다.
그가 귀족이든 말든, 가슴팍에 귀족에 걸맞은 문장을
문신으로 새겨놓았든 말든, 모두에게는 그저 인생을 함
께할 좋은 친구일 뿐이었다.

그 시절 그린란드 북동부 연안에는 온갖 부류의, 온 갖 계층의 사람들이 살았다. 대학 입학 자격시험에 합격한 안톤, 얼마 전까지만 해도 살아서 테니스를 치고 독서를 즐기던 레우즈, 발트해에서 청어잡이 어부로 이름을 날리던 비요르켄, 푸주한 밸프레드, 군인으로 화려한 과거를 살아온 중위, 그리고 시워츠, 매스 매슨, 로이비크, 피오르두르…… 모두가 자기만의 방식으로 사회의 계단을 오른 중요한 인물들이었다.

물론 백작에게도 특별한 점이 있었다. 나머지 사람들과는 다른 관심사가 바로 그것이었다. 사실, 그는 생명을 파괴하는 사냥꾼이라기보다는 생명을 일구고자 하는 농부였다. 사냥꾼들은 이런 그를 비난하지 않았다.

롤란에는 1600년대부터 대영지를 소유해온 가문이 있었다. 이 영지는 예쁜 방앗간 집 딸이 오랜 시간 왕의 허리를 위해 봉사하여 갖게 된 하사품으로, 백작이 바로 이 가문의 후손이었다.

백작의 아버지는 아들이 아버지를 알아갈 시기가 되기도 전에 세상을 떠났고, 그리하여 빅토리아 여왕처럼 엄격한 성격의 소유자인 어머니가 남편 대신 영지를 맡아 관리하게 되었다.

열일곱 살이 되던 해, 백작은 폭군 같은 어머니로부터

달아나 삼촌과 함께 바다로 나갔다. 선장인 삼촌은 가족들과 화합하지 못하는 검은 양 신세였다. 백작은 서쪽 빙하를 열 번에 걸쳐 항해했고, 마침내 사냥꾼의 신분으로 그린란드 북동부에 발을 내디뎠다. 어머니가 돌아가신 다음에는 형 알베르트가 가문의 영지를 관리했는데, 멀리서나마 동생을 지켜주고 싶었던 그는 사냥 회사에 큰돈을 기부해 백작이 있는 기지의 부족한 생산량을 벌충해주었다.

백작은 북극의 삶을 사랑했다. 그린란드의 바깥에 다른 세상이 있다는 사실마저 잊을 정도였다. 그는 영구동토대에 닿기 직전까지 깊이 삽질을 해 싹틔운 감자를 심고, 호밀을 파종하고, 물을 주고, 거름을 뿌리고, 늦가을의 수확을 기다렸다. 그러나 이 마지막 수확의 과정은 차라리 환상에 가까웠다. 농사를 지어 얻은 감자 중 제일 큰 감자가 노네트보다 크지 못했고, 호밀도 제대로 여문 적이 없었다. 그런데도 백작은 포기하지 않았다. 그는 배편으로 주문한 소와 닭의 배설물을 흙과 섞어 손수 두엄을 만들었고, 파종한 땅 둘레에 거대한 보호막을 쳤다. 어느 해에는 사업을 확장해 그로버만 남부 해안에 온실을 만들고 석회질이 풍부한 토양에 몇 그루의 포도나무를 심기도 했다. 훗날, 저 유명한 백작

표 포도주의 토대로 기억될 사건이었다.

닥터가 자전거를 몰고 그로버만에 도착한 3월 말의 그날까지는 벌써 몇 해째 모든 일이 순조롭게 진행되던 터였다. 백작은 온실에서 포도나무와 이야기를 나누다가 닥터를 발견했다. 북극에서 자전거 탄 사람을 보는 것이 흔한 일은 아니었음에도 백작은 놀라지 않았다. 그는 워낙 침착한 성격이었고, 따라서 어떤 상황에도 당황하거나 호들갑을 떠는 법이 없었다. 그는 자전거를 탄 사람에게 천천히 다가갔다. 설령 시워츠가 마치 사육사인 양 코끼리를 타고 왔거나 로이비크가 썰매 자국을 밟으며 커다란 부가티 루아얄*을 타고 왔더라도 마찬가지였을 것이다. 그 자신에게 탈것이라고는 스키밖에 없었지만, 개 썰매든 눈 신발이든 혹은 닥터가 방금 타고 온 자전거든, 그는 세상의 모든 운송수단을 있는 그대로 받아들였다.

닥터는 자전거를 눈 더미에 기대 세우고 연장 가방을 열어 기다란 봉투를 꺼냈다. 빙판에서는 자전거 바퀴가

———

* 세상에서 가장 아름답고 가치 있는 차라는 명성을 가진 자동차로, 길이가 5미터에 이른다.

과열로 파열될 염려가 없었기에 수리에 필요한 연장은 이미 빼서 치워놓은 지 오래였다. 그가 백작을 따라 집 안으로 들어갔다.

닥터가 현관에서 아노락 모자를 벗자 번쩍거리는 로고가 박힌 챙 모자가 드러났다. 공식적인 방문의 성격을 강조하고자 모르텐슨의 제복 모자를 빌려 쓴 터였다.

"생각하는 대로야. 백작 앞으로 전보가 왔어." 핀섬 사투리가 허용하는 범위 내에서 그가 최대한 엄숙하게 알렸다.

백작은 닥터에게 진심으로 고마워하며 앉을 자리를 권했다. 화덕 위 선반, 이제 막 물냉이가 싹을 틔운 두 유리컵 사이에 전보를 밀어 넣고, 그는 자기 라벨이 붙은 포도주를 식탁 위에 올렸다.

닥터는 포도주를 한 모금 마시고선 모자를 벗어 의자에 내려놓은 다음 백작에게 고개를 끄덕여 보였다.

"건강하지?"

"응, 아주 좋아. 고마워."

백작도 포도주를 한 모금 마셨다. 포도주는 그로버만 1929년산으로, 최상급 포도주였다.

"쉽지 않은 배달이었어." 닥터가 손가락으로 전보를 가리켰다. "길이 온통 눈에 뒤덮여서 반 이상은 자전거를 밀고 와야 했거든.”

“네가 자전거 갖고 온 거 봤어. 이런 곳에서 자전거를 타는 건 무리 아닐까?” 백작이 물었다.

“중요한 기술만 터득하면 자전거는 어디서든 탈 수 있어.” 닥터가 자전거를 옹호하고 나섰다.

“물론 그렇겠지. 그런데 눈이 쌓이면 상당히 힘들 것 같은데.” 백작이 이의를 제기했다.

“맞아, 그럴 땐 정말 힘들지.” 닥터도 인정했다. “그럴 땐 바람에 눈이 굳을 때까지 기다려야 하거든. 크리스마스 직후에 그런 문제가 있었어. 그동안 난 집에서 자전거를 타고 식탁을 돌며 체력을 유지했지. 뒷바퀴 중앙에 나무로 제동장치를 하나 만들어 달고 앞뒤 바퀴에 스노 체인을 걸까 생각하면서.”

백작이 종잇조각을 내밀며 그 생각을 눈으로 볼 수 있게 그려달라고 부탁하자, 닥터는 두툼하고 불그스름한 손가락으로 연필을 쥔 채 자기가 상상한 미래의 교통수단을 그렸다. 백작은 전조등 앞에 눈을 쓸어내는 전동 브러시를 달고 가방 대신 트레일러 썰매를 만들라고 조언했다. 그러면 전보와 의약품도 담고, 닥터가 여러 지역을 돌 때마다 필요한 짐을 실을 수 있으리라는 얘기였다. 이런저런 잡담을 나누며 두 사내는 밤이 깊도록 환상을 이어갔고, 닥터는 침대에 누운 뒤에야 백작이 아직 전보를 읽지 않았다는 사실을 상기했다.

"전보 내용 안 궁금해?"

"중요한 거였어?"

백작이 잠에 취해 갸름한 코를 침낭 밖으로 내밀고 물었다. 전보를 매일 받는 사람처럼 태연한 모습이었다.

"글쎄, 내가 아는 건 형이 돌아가셔서 네가 성을 물려받았다는 것뿐이야." 닥터가 대답했다. 길에서 전보를 잃어버릴 경우를 대비해 떠나기 전에 미리 내용을 외워둔 터였다.

"그게 전부면 내일 봐도 돼."

백작은 따뜻한 침낭 속으로 코를 다시 집어넣고, 해초로 속을 채운 매트리스 위에서 편하게 몸을 웅크렸다.

백작이 그린란드 북동부에서 처음으로 전보를 받았다는 소문은 불붙은 도화선처럼 삽시간에 퍼졌다. 사냥꾼들은 전보의 내용에 큰 관심을 보였고, 오두막마다 열띤 토론이 벌어졌다.

사냥꾼 일부는 백작이 곧 불모의 땅을 벗어나 귀족 농부로 롤란에 정착하리라 믿었다. 하지만 매스 매슨은 생각이 달랐다. 무슨 일이든 누구보다 많이 알고 싶어 하는 사람이자, 같은 배를 타고 왔다는 단순한 이유로 늘 자기가 백작을 안 지 가장 오래된 사람이라고 주장하는 그는, 백작이 그따위 유혹에 넘어갈 리 없으며 그린란드를 떠날 일도 없다고 딱 잘라 말했다. 심지어 자기 목을 걸고 맹세까지 할 정도로 그의 믿음은 확고했다.

"이걸 알아야 해." 그가 검은 머리 빌리암에게 말했다. "백작은 아랫동네의 기름진 땅에서 나는 온갖 작물로 곳간을 채우기보다 여기서 1년에 한 번 수확하는 북극 감자 두 알과 호밀 한 줌을 더 좋아하는 친구야. 말하자면 연구자인 셈이지. 게다가 그는 이 연안을 사랑해. 절대로 드넓은 자연과 자유로운 삶을 포기할 사람이 아니라고. 그런 그가 왜 굳이 떠나겠어? 좁아터진 섬에 갇혀 살려고? 구속받고 싶어서?"

이것이 매스 매슨의 생각이었는데, 말했다시피 모두가 그의 말에 공감한 것은 아니었다. 딱 하나, 모두의 동의를 얻은 의견이 있긴 했다. 결국 무슨 일이든 일어나리라는 것이었다. 성을 상속받으려면 무슨 일이든 일어나야 하기 때문이었다. 여하간 그래서 모르텐슨은 다시 전보가 올 경우를 대비해 봄이 지나고 여름이 다 갈 때까지 내내 룸펠곳을 지켰다. 하지만 아무 일도 일어나지 않았다. 올슨이 베슬 마리호와 함께 도착하기 전까지는.

　변호사 볼메르슨은 바다를 좋아하지 않았다. 하지만 그는 자신의 안위를 걱정하기 이전에 고객의 이익을 위해 봉사하는 매우 양심적인 사람이었다.

　유산 상속과 관련해 그린란드 북동부로 백작에게 전보를 쳤지만 아무런 답신이 없자, 볼메르슨은 서류 작성을 마무리하기 위해 직접 배에 오르기로 결정했다. 그가 이런 용기를 낼 수 있었던 까닭은 항해에 관해 전적으로 무지해서였다. 그는 먼저 그린란드 로열 무역 회사의 허가를 받았다. 이어 낡아빠진 사냥선 베슬 마리호와 협상을 마치고, 3주간의 휴가가 끝나기 전에 일을 마무리 짓고 오겠다는 야심 찬 각오로 배에 올랐다.

　올슨 선장은 작은 키에 건장한 체격의 변호사를 친절하게 맞아주었다. 넥타이에 꽂힌 진주와 시가 나이프 끝에 달린 금줄, 커다란 체크무늬 트위드 정장으로 보아 그가 재정적으로 여유로우며 고상한 취미를 가진 사람 같았기 때문이다.

　베슬 마리호가 고래기름 해구를 빠져나와 거울처럼 잔잔한 해협에 이르자, 올슨이 변호사에게 환영주를 권했다.

"뱃사람들이 거친 건 사실이지만, 그렇다고 진솔한 대화를 소홀히 하진 않지요." 선장이 호탕하게 말했다. 막연하기는 해도, 왠지 볼메르슨이 너그러운 사람이라는 느낌이 들었다.

변호사가 음료를 맛보고는 입맛을 다셨다.

"나쁘지 않군요. 럼주를 조금만 더 넣으면 먹을 만하겠어요."

올슨은 볼메르슨의 날선 지적을 염두에 두지 않았다. 그의 경험상 유복한 사람들은 언제나 엉뚱했고, 엉뚱한 면이 많을수록 관대했다.

"자, 변호사 선생, 어떻습니까? 보시기에 북극은 사랑에 빠질 만합니까?" 그가 쾌활하게 물었다. "하하! 저 위에도 있을 건 다 있거든요. 사냥꾼을 위한 거든, 어부를 위한 거든 전부 다 말입니다. 우리처럼 시가를 피우는 사람들에겐 박하처럼 신선한 공기도 있고요." 그가 변호사의 입에 물린 검은색 아바나 시가를 음흉한 눈으로 힐끔거리며 호들갑을 떨었다.

시가 나이프의 금줄이 볼메르슨의 배 위에서 흔들렸다.

"나는 변호사예요. 어부도 아니고, 사냥꾼도 아니죠."

"아, 그러시죠! 그런데 저 위에는 이혼할 사람이 없는 걸로 압니다만."

"이혼에 관련된 업무 말고도 변호사가 하는 일은 많습니다." 볼메르슨이 무뚝뚝한 얼굴로 매캐한 시가 연기 너머의 올슨을 쳐다보았다. "저 위에 고객이 있어서 가는 거요."

"저런!" 올슨의 놀라움은 거짓이 아니었다. 최대한 자유롭게 상상을 펼쳐봐도 사냥꾼 중에 변호사가 필요한 사람이 있으리라고는 생각할 수가 없었다. "혹시 레우즈가 머리에 총알을 박고 죽은 것 때문에 온 겁니까?" 올슨이 호기심 가득한 얼굴로 물었다.

볼메르슨이 고개를 끄덕였다.

"그럴 수도 있고, 아닐 수도 있소. 그 이상은 말씀드릴 수 없소. 아시다시피 업무상의 비밀을 지켜야 해서요. 더욱이 이번처럼 중요한 일은 밀랍으로 입을 일곱 번 봉해야 마땅하죠."

이 마지막 말은 오랫동안 선장의 머릿속을 떠나지 않았다. 갑판 위에서 일을 하는 동안에도 그는 내내 이 말 생각만 했고, 자정이 되어 잠자리에 들 때에도 이 말과 함께 침대에 누웠다.

올슨은 볼메르슨의 직업윤리를 저주하며 페로제도에서 산 취침용 양모 모자를 눈 위까지 덮어 썼다. 첫 번째 빙산이 보이기 전에 변호사의 입에서 반드시 고객의 이름이 나오게 하고야 말겠다고 그는 다짐했다. 그에게 돈 많은 사냥꾼이란 뜻밖의 모험이었다. 클론다이크*의 부활이라고 해도 과장이 아니었다. 올슨은 광맥을 발견하면 사금까지 죄다 체로 걸러 가져야 직성이 풀리는 인간이었다.

카테가트해협을 벗어나자마자 서풍이 몰아쳤다. 몸이 불편해진 볼메르슨 변호사는 저녁 식사를 정중히 돌려보내고 식후주도 거절한 뒤 일찌감치 잠자리에 들었다. 그리고 꼼짝 않고 침대에 누운 채 선실 뒤편에서 닻줄이 철썩이며 쇠파이프를 때리는 소리에 귀를 기울였다. 낡은 바다표범 사냥선 곳곳에 밴 역한 고래기름 냄새 때문인지 끝없이 구역질이 올라왔다.

이튿날, 배가 노르웨이 남부 연안의 린데네스곶 부근을 지날 즈음에는 변호사의 몸이 적극적으로 통증을 호소하기 시작했다. 위 속 내용물을 말끔히 게워냈는데도 여전히 머리가 무겁고 다리는 통제 불능이었다. 정오 직전, 그가 소년 선원에게 올슨을 불러달라고 부탁했다.

———

* 캐나다 북서단의 유콘주에 있는 지방. 1896년 사금이 발견되며 골드러시를 몰고 왔다.

"선장, 난 환자요. 배를 육지에 대고 내려주시오." 그가 신음하듯 말했다.

올슨은 번쩍이는 챙 모자를 목 뒤로 젖히고 껄껄 웃었다.

"진심입니까? 그럼 그렇게 해드려야죠. 보아하니 그게 나을 것 같기도 하고요. 하지만 그러자면 선생께서 그린란드에서 하려던 일을 내게 일임해야 하지 않겠습니까?"

"그건 안 돼요." 볼메르슨이 애처로운 눈으로 선장을 올려다보았다. "부탁이니 제발 좀 내려주시오."

"선생, 우린 지금 바다 한가운데 있어요. 빌어먹을 전차를 타고 있는 게 아니란 말입니다."

"육지가 그렇게 멀지는 않을 거 아니오." 변호사가 눈물을 글썽였다. "모든 비용은 내가 물겠소."

"그러면 선생이 그린란드에서 할 일은 누가 대신하고요?" 올슨이 물었다.

"그건 나중에 하면 돼요. 전보를 치면 될 거요."

올슨은 곰곰이 생각해보았다. 노르웨이 해안으로 뱃머리를 돌리면 지갑이 두둑해질 터였다. 하지만 사냥꾼들 가운데 숨은 백만장자를 찾아내는 쪽이 훨씬 이득이 클 것 같았다.

"뱃머리를 돌릴 수는 없어요." 마침내 그가 입을 열었다. "우린 시간을 엄수해야 하거든요. 유람선처럼 마음대로 항구에 드나들 수는 없다, 이 말입니다." 그러곤 볼메르슨에게 윙크를 하며 용기를 북돋웠다. "며칠만 지나면 변호사 선생도 수탉처럼 뻐기며 갑판 위를 걸을 수 있을 겁니다. 으깬 완두콩이 들어간 돼지비계 퓌레를 맛있게 먹으면서요."

볼메르슨은 더 이상 항의할 수가 없었다. 선장이 언급한 완두콩과 돼지비계 퓌레가 속을 뒤집어놓았던 것이다. 그는 온몸을 비틀며 침대 밖으로 고개를 내밀었다.

올슨이 고개를 절레절레 흔들었다.

"그렇게 아무것도 안 하고 침대에 누워만 있으면 안 돼요." 그가 말했다. "그러면 스스로가 불쌍해지고, 진짜 환자가 되거든요. 도와줄 테니 같이 갑판으로 올라갑시다. 신선한 공기를 마시면 좀 나아질 거예요."

선장의 제안에 따라 볼메르슨은 갑판 위로 올라갔다. 올슨은 상갑판으로 오르는 사다리 앞까지 변호사를 데려가 바람이 불어오는 쪽을 향해 세웠다. 그러곤 변호사의 뚱뚱한 배를 밧줄로 감아 사다리 난간에 묶어버렸다.

"이러고 좀 봅시다. 짠물을 뒤집어쓰면 거북했던 게

쑥 내려갈 거예요." 그가 멋대로 처방을 내렸다.

볼메르슨 변호사의 상태는 쉽사리 호전되지 않았다. 끈질기게 들러붙어 좀처럼 떨어지지 않는 그런 뱃멀미였다. 바람은 신선하고, 파도도 유리잔에서 찰랑이는 위스키보다 높지 않았지만, 변호사는 바다 냄새와 역한 고래기름 냄새, 출렁이는 배의 움직임만으로도 사경을 헤맸다. 그는 땀을 흘리지도, 추위에 얼지도 않았다. 그저 말없이 올슨이 세워둔 모양 그대로 사다리 밑에서 꼼짝하지 않았다. 생각을 하는 것도 아니었다. 그저 다 죽어가는 짐승처럼 사다리에 묶여 맥없이 고통받을 뿐이었다.

올슨은 갑판 한쪽에 서서 그를 지켜보았다.

"지독하게도 걸렸군." 동정 어린 목소리로 그가 말했다.

선장의 말에 키잡이도 고개를 끄덕였다. 로포텐제도 출신인 그는 뱃멀미로 괴로워해본 적이 없었다.

"우리 고장에서는 위장을 싹 비워야 멀미가 낫는다고들 하지." 그가 말했다.

"이미 남은 게 없을걸."

"그래도 혹시 모르잖아." 키잡이가 고개를 갸우뚱해 보였다. "배 속 어딘가 남은 게 있을 거야. 저런 법조계 사람들은 일반 사람들과 다르니까. 게다가 저것 좀 봐, 비곗살이 남다르잖아."

올슨은 난간 너머로 몸을 기울여 주의 깊게 변호사를 관찰했다.

"어쩌면 네 말이 맞는지도 모르겠어. 뭐든 해봐야겠군."

올슨은 소년 선원을 보내 요리사를 데려오게 했다. 요리사는 선장의 설명에 고개를 끄덕이며 볼메르슨을 바라보았다.

"진짜 엄청 아픈가 본데. 도와줘야겠어."

올레순 출신의 이 요리사는 열두 살 때부터 항해를 시작한 베테랑으로, 역시 뱃멀미라고는 해본 적이 없었다.

"몽땅 다 쏟아내게 해!" 키잡이가 조종실에서 소리쳤다.

"그린란드에 도착하기 전에 녀석이 꼭 나아야 해." 올슨도 고개를 끄덕이며 의미심장하게 말했다.

잠시 후, 주방으로 사라졌던 요리사가 가느다란 끈과 고래잡이용 낚싯바늘과 돼지비계를 들고 갑판 위에 나타났다. 올슨 선장은 낚싯바늘에 비계를 꿰어 볼메르슨이 있는 곳까지 줄을 내려뜨렸다. 그러곤 환자의 속이 다시 한번 뒤집혀 위산을 게워낼 때까지 흔들어댔다.

"옳지, 일이 술술 잘 풀리는걸!" 올슨이 기뻐하며 소리쳤다. "네 말이 맞았어! 아직 남은 게 있었어! 어디, 한 번만 더 해볼까?"

저녁이 되도록 올슨 선장은 기름기로 번들거리는 돼지비계를 흔들어 볼메르슨 변호사의 배 속에 남은 마지막 한 방울의 위액까지 밖으로 이끌어냈다. 마침내 일몰 직전, 의식이 가물가물한 승객을 갑판 아래로 옮기며 그는 환자의 배 속이 말끔히 비워졌다고 선언했다. 한편 선원 둘에 의해 들것에 실려 나가는 볼메르슨의 얼굴은 딱하기가 이루 말할 수 없었다. 툭 튀어나온 안구 위에서 목적 없이 데굴데굴 굴러다니는 눈동자 외에는 다른 생명의 징후가 보이지 않았다.

그해 북대서양은 유난히 거칠고 장난기로 넘쳐났다. 베슬 마리호는 아이슬란드 인근 난바다에서 낡은 배를 집어삼킬 기세로 줄기차게 덤벼드는 폭풍과 만났다.

올슨은 선원들에게 밧줄로 화물을 묶어 단단히 고정시키게 했다. 그런 뒤 뱃머리를 북위로 틀어 맹위를 떨치는 폭풍을 뚫고 북방의 기지를 향해 나아가기 시작했다.

갑판이 높은 파도에 점령당해서 한동안은 아무도 밖으로 나가지 못했다. 선원들은 식당과 올슨의 선실에서

새우잠을 잤지만 아무도 불평하지 않았다. 모두가 선원이자 동시에 바다표범 사냥꾼이라서, 방수복을 입고 고무장화를 신은 채 자는 데 익숙했다.

폭풍우가 몰아친 지 이틀째 되던 날, 키잡이가 주낙*
갑판 아래 나타난 볼메르슨을 발견했다.

"선장!" 포효하는 폭풍을 뚫고 그가 소리쳤다. "변호사가 주낙 아래 있어. 위험해!"

올슨이 대포알처럼 튀어나와 갑판을 살폈다. 이어 그가 창문을 열고 메가폰을 잡았다.

"내려와요! 내 말 안 들려? 어서 내려오라고!"

볼메르슨은 상황을 대충 이해한 듯 고개를 살짝 뒤로 젖히고 몰려드는 파도를 쳐다보았다.

"미친 새끼." 올슨이 중얼거리며 창문을 쾅 닫았다.

"다 나았는지도 몰라." 키잡이가 말했다. "그러면 지금쯤 배가 굉장히 고플 거야. 속을 그렇게 긁어냈으니 당연하지."

"빌어먹을, 이런 날씨에 먹을 걸 해다가 바치라고? 내

---

* 낚싯줄에 여러 개의 낚시를 달고 물살을 따라서 감았다 풀었다 하며 물고기를 잡는 어구.

가 저 인간한테 잘 보이려고 요리사를 뱃전에 내보낼 것 같아?" 올슨은 잔뜩 화가 나서 고함쳤다.

"멀미를 심하게 해서 지금은 기운이 거의 없을 거야. 이제 겨우 뱃멀미에서 살아났는데 굶어 죽으면 너무 불쌍하잖아." 키잡이가 어깨를 으쓱여 보였다.

올슨은 신경질적으로 파이프를 씹으며 가만히 고개를 끄덕였다. 키잡이의 말이 옳았다. 그냥 뒀다가 변호사가 잘못되면 안타까운 일이, 다른 누구도 아닌 올슨 자신에게 매우 안타까운 일이 생길 것이었다. 회사와 보험사, 변호사의 가족들에게 일어날 혼란도 혼란이고, 해상 수사다 뭐다 해서 일이 한없이 복잡해질 게 뻔했다.

"저 자식한테 뭘 좀 먹이는 게 낫겠어."

그는 조종실로 올라가 서류와 동전을 넣어두었던 큼지막한 금속 상자를 비웠다. 그러곤 요리사에게 내려가 빵과 소시지와 맥주로 상자를 채우게 한 뒤 상자의 고리에 가느다란 끈을 걸어 묶고 키잡이 선원과 함께 조타실 앞에 앉아 적절한 순간을 기다렸다.

"선장, 파도가 오고 있어! 지금이야, 봐!"

올슨은 거대한 파도가 베슬 마리호를 향해 빠른 속도로 달려오는 것을 보았다. 곧이어 배가 순식간에 하늘을 향해 솟구쳤다. 뱃머리가 회전하며 파도 속으로 들어가는 순간, 올슨은 상자를 놓았다. 상자는 갑판을 미끄러지고 밧줄 묶는 고리를 우아하게 뛰어넘어 주낙을 향해 전속력으로 돌진했다. 그러다가 베슬 마리호가 균형을 되찾기 직전, 갑판을 박차고 하늘로 날아올라 볼메르슨 변호사의 머리 위로 떨어졌다. 변호사는 양팔을 벌린 채 초점 없는 눈을 하고는 뒤로 넘어지며 사다리 밑으로 굴러떨어졌다.

"빌어먹을!" 올슨이 소리쳤다.

그는 키잡이에게 밧줄을 건네고 모자를 눈 위까지 눌러썼다.

"잘 잡고 있어!"

올슨은 밧줄을 따라 네발로 기어서 승객을 구하러 갔다.

배에 오르고부터 줄곧 몸 상태가 좋지 않았던 볼메르슨은 희미한 미소를 머금은 채 사다리 아래 대자로 뻗어 있었다. 올슨은 그를 끌고 좁은 통로를 지나 침대로 데려가 눕혔다. 그러곤 변호사의 배에 서랍장을 올린 뒤 서랍장과 정신을 잃은 승객을 재빨리 침대에 동여맸다. 이어 그는 밖으로 나갔다가 바닷물을 한 양동이 들고 돌아와 볼메르슨의 얼굴에 짠물을 퍼부으며 평정심을 잃고 소리쳤다.

"변호사 선생, 이제 엄살 좀 그만 부려요. 빨리 처먹고 기운을 차리라고!" 그가 상자에서 마른 빵 한 쪽을 꺼내 둥글게 썬 소시지를 얹고 외쳤다. "아가리 벌려!"

볼메르슨이 입을 벌렸다.

"이제 씹어, 이 해골바가지야!"

변호사는 고분고분 음식을 씹었다.

올슨은 맥주를 따서 볼메르슨의 입에 가져다 댔다.

"마셔요, 저절로 내려갈 테니. 약간의 맥주는 누구에게나 좋은 법이지."

그는 볼메르슨이 빵 두 쪽과 소시지를 먹고 맥주도 거의 다 마셨는지 확인한 뒤 이제 자라고 명령했다. 고맙게도 변호사는 순순히 눈을 감았지만, 사실 마음속으로는 이 미치광이 선장이 흔들리는 방에서 빨리 사라지기를, 차라리 죽어버리기를 바라고 있었다. 그는 이제 불편하게, 그러나 안정감 있게 침대에 누워 밧줄과 서랍장의 긴밀한 감시를 받는 처지였다. 올슨은 승객을 꼼짝 못 하게 보호한 뒤에야 선실 밖으로 나갔다.

여름이면 대개 그렇듯 폭풍우는 나흘쯤 더 지속되었다. 그 나흘 내내 볼메르슨은 배에 서랍장을 얹은 채 누워 지냈다. 첫째 날에는 합리적인 사고를 전혀 하지 못했다. 그는 공포감에 사로잡혀 생각의 끈을 도저히 붙들어둘 수 없었다. 둘째 날, 올슨에게서 음식을 한 번 더 받아먹은 뒤에 뇌가 가동되기 시작했다. 완벽하게 정상은 아니었지만 그만하면 상황에 비해 나쁘지 않았다. 닻줄이 쇠파이프에 부딪치는 소리도 더 이상 거슬리지 않았다. 자주 듣다 보니 이제는 무시할 수 있었고, 고래 기름 냄새도 여전히 고약했지만 견디지 못할 정도는 아니었다.

셋째 날, 볼메르슨은 서랍장을 치워달라고 졸랐다. 그러나 올슨은 병이 재발할지도 모른다며 고집을 부렸다. 그의 말대로라면 풍속이 4노트를 웃도는 이상 볼메르슨은 꼼짝없이 서랍장을 견뎌내야 했다. 배의 유일한 대장으로서 승객이 침대에서 떨어져 죽는 꼴은 절대로 볼 수 없다는 것이었다. 볼메르슨은 기력이 딸려 항의도 할 수 없었다. 그저 실망한 얼굴로 선장을 바라볼 뿐, 부피가 줄어든 배를 짓누르는 성가신 이 가구를 받아들여야만 했다.

넷째 날, 볼메르슨은 마침내 일관된 생각을 하기에 이르렀다. 생각 하나를 붙들고 몇 분을 내리 집중할 수 있었고, 심지어 생각을 많이 하기까지 했다. 침대에 누워 달리 할 일이 없었기 때문이다. 그는 지금껏 자신이 살아온 삶을, 회사를, 고객들을 생각했다. 죽어서 '하늘 산' 근처에 묻힌 아내도 생각했다. 하늘 산은 그들 부부가 매년 함께 휴가를 보내던 곳이었다. 이어 유년 시절과 청년기를, 성년기를 생각했다. 죽음에 관한 끔찍한 생각도 했다. 항해는 끝나지 않을 듯 보였고, 그는 어느 때보다도 가까이 죽음을 느꼈다. 시험 삼아 맛 좋은 포도주와 음식을 생각해보기도 했으나 곧 그만두어야 했다. 생각만으로도 멀미가 심해졌다. 이런 종류의 일탈은 아직 시기상조인 듯했다.

볼메르슨은 특히 바다 생각을 많이 했다. 몇 날 며칠 쉬지 않고 그의 목숨을 노리던 무시무시한 영역을, 그 거대한 징벌자를 생각했다. 형체도 없이 비연속적으로 스치는 생각 속에서 바다는 원한에 사로잡혀 그에게 공격을 퍼부었다. 그는 거대한 파도가 무서웠다. 바다는 악마처럼 교활했고, 격분해 언제든 폭발할 수 있었다.

다섯째 날, 베슬 마리호가 빙하에 이르자마자 폭풍이 잦아들었다. 볼메르슨은 아침 일찍 잠에서 깨어나며 배가 더는 흔들리지 않는다는 사실을 깨달았다. 그는 눈을 뜨고 절박한 심정으로 선실 천장을 올려다보았다. 배는 더 이상 움직이지 않았고, 시야에 닿는 어떤 것도 흔들리지 않았다. 그런데도 그, 볼메르슨 자신은 계속 흔들리고 있었다. 그의 내면은 여전히 휘청거리고 분개하고 부딪히며 제멋대로 춤을 추었다. 그야말로 진정한 고통이었다. 그는 신음하며 고개를 돌렸고, 침대 너머로 토악질을 해대기 시작했다. 좌절감에 서랍장을 움켜잡고서, 뱃멀미가 고질병이 되어 죽는 날까지 나를 따라다니겠구나 생각했다. 그는 주위를 둘러보다가 곧바로 눈을 감았다. 소름 끼치는 정적 속에서 모든 것이 그대로였다. 그는 초주검이 되어 마음속에서 휘몰아치는 폭풍과 거센 파도에 맞서 간절하게 서랍장에 매달렸다.

오후 늦게야 선장이 들어와 밧줄과 서랍장으로부터 그를 해방해주었다. 그는 볼메르슨을 갑판으로 데려가 횡갑판 보에 앉힌 뒤 갑판 날개에서 명랑한 얼굴로 손짓했다. 그가 말했다.

"변호사 선생, 최악의 상황이 지나갔으니 남은 여행은 순전히 형식에 불과할 겁니다."

볼메르슨은 불안한 얼굴로 선장에게서 시선을 돌려 최대한 먼 곳을, 바다를 뒤덮은 빙하를 바라보았다. 눈앞에 펼쳐진 풍경이 그를 전율케 했다.

이어지는 날들도 변호사에게는 고난의 연속이었다. 낡은 배가 빙산에 부딪칠 때마다 그는 소스라치게 놀랐고, 매번 온몸이 땀에 젖은 채 잠에서 깨어났다. 그동안에도 올슨은 사력을 다해 기관을 가동시켜 피오르의 오래된 빙하를 부수며 뱃길을 텄다.

볼메르슨이 보기에 빙하는 끝이 없는 듯했다. 배는 더이상 흔들리지 않았지만, 바다가 여전히 그의 마음속에 있었다. 그는 매일 횡갑판 보에 앉아 마른 빵과 밍밍한 차를 마셨고, 낙담한 얼굴로 빙하를 응시했다.

이따금 올슨 선장이 그의 동료가 되어주었다. 그러나 선장의 이러한 호의는 변호사가 찾아가는 사냥꾼이 누구인지 알아내려는 음흉한 계략에 불과했다. 볼메르슨은 매번 함정에 빠지지 않기 위해 정신을 가다듬어야 했다.

톰슨곶 해안이 시야에 들어온 날에야 볼메르슨은 되살아났다. 그는 혼자 힘으로 일어나 비틀비틀 상갑판으로 걸어가서는 난간을 붙잡았다.

지금껏 보지 못한 경이로운 풍경이 파노라마로 눈앞에 펼쳐졌다. 덴마크에서 본 해발 147미터의 하늘 산도 인상적이기는 했지만, 이곳의 산은 완전히 다른 매력을 풍겼다. 그는 기뻤다. 저 앞에 육지가 있었다. 오랜 세월 굳건히 제자리를 지켜온 지반으로 이루어진 단단하고 안정적인 육지가! 잠시 뒤면 그는 저 불멸의 땅을 밟을 터였다. 그린란드를 처음 본 순간 그는 강렬한 감정에 사로잡혔다. 창백하기만 했던 그의 양 볼이 장밋빛으로 물들었고 초점 없던 눈에는 새로운 빛이 감돌았다. 볼메르슨은 이 웅장한 나라가 첫눈에 마음에 들었다. 그린란드를 향한 깊고 뜨거운 연정이 닫혀 있던 그의 마음을 활짝 열어주었다.

그는 비틀거리며 조종실로 올라갔다. 그러곤 올슨에게서 쌍안경을 빼앗아 눈으로 가져가며 중얼거렸다.

"맙소사, 너무 순결해! 아름답고, 조화롭고, 순수해!"

올슨이 놀란 얼굴로 변호사를 쳐다보았다.

"여자라도 본 겁니까?"

변호사는 고개를 끄덕였다.

"이 나라는 여자와 다를 게 없군요. 늘씬하고 아름다운 여자가 저기 누워 있잖소. 그것도 저렇게 알몸으로!"

올슨이 킬킬거리며 웃었다.

"빌어먹을, 후유증이 생겼나 보군. 이젠 시까지 읊고." 그가 턱수염을 긁으며 말을 이었다. "대단한 비유네요. 그런데 저기 보이는 게 여자라면, 분명 차가운 여자일 겁니다. 그것도 지독하게 차가운."

변호사는 쌍안경을 내리고 선장의 얼굴을 뚫어져라 응시하더니 이렇게 입을 열었다.

"당신은 뱃사람이라 육지의 아름다움을 절대 이해 못 할 거요. 당신한테는 우리 뒤에 있는 저 바다가 전부

일 테지. 거칠고, 단조롭고, 무의미한 바다 말이오. 그래서 내 말을 이해하지 못하는 거요."

올슨은 소맷부리로 입술에 묻은 미소를 훔쳐내고는 놀라우리만치 부드러운 어조로 말했다.

"당신은 육지인이죠. 그러니 바다를 결코 이해하지 못할 겁니다. 저기 보이는 육지는 감옥이에요. 넓지만 위험한 감옥 말이지요. 저곳에 수감된 자들은 죄다 분노에 차 서로를 노려보며 한 해 한 해를 보냅니다. 하지만 바다를 보시죠. 바다는 우리를 원하는 곳으로 데려다주는 왕도예요. 바다는 자유이고, 에, 또 바다는……." 올슨 선장은 적당한 표현을 찾기 위해 잠시 생각에 잠겼다가, 곧 얼굴을 붉히며 말을 맺었다. "바다는 내 집 같은 겁니다."

그린란드의 화강암에 발을 디디며, 볼메르슨은 난생처음 한계가 없는 세상을 경험했다. 하늘은 무한히 펼쳐져 있었고, 눈에 띄는 색채마다 뉘앙스가 존재했으며, 그가 마시는 공기조차 특별한 맛을 지니고 있었다. 수년간 영혼을 가두고 있던 문이 활짝 열리는 느낌이었다. 그는 위대한 자연 속에서 자기 자신의 위대함을 발견했다. '위대함'과 함께 '신성함'에 대해서도 생각했다. 그가 보고 느끼는 모든 것들이 이 성스러운 영역에 속해 있었다.

그린란드를 향한 항해가 잊지 못할 악몽이었다면, 눈 앞의 육지는 아름다운 꿈이었다. 꿈속에서 그렇듯이, 볼메르슨은 존재를 가두고 있던 껍질을 벗고 완벽하게 열려 꾸밈이 없어졌다. 그때까지만 해도 그는 '사랑하다'라는 단어를 변질된 의미로만 이해할 뿐 높이 평가한 적이 없었다. 그러나 이곳, 인간의 차원을 초월한 세상에서는 보고, 듣고, 맛보는 모든 것들에 일말의 부끄러움도 없이 그 단어를 사용할 수 있었다.

스물네 시간의 여행 끝에 마침내 볼메르슨은 백작의 거실에 도착했다. 그는 1929년산 그로버만 가메를 맛보며 자기도 모르게 이런 말을 내뱉었다.

"백작, 이 포도주는 여러 방식으로 사람을 취하게 만드는군요. 몇 해를 찾아 헤매다가 마침내 품에 안은 여자 같아요." 이어 눈을 가늘게 뜬 채 잔에 입을 맞추고는 말을 이었다. "백작의 다른 포도주들도 모두 정열적이고 환상적이고 풍미가 좋지만, 저는 이 가메가 특히 마음에 듭니다."

백작은 겸손의 태도를 취해 보였다.

"과찬입니다. 그저 최선을 다했을 뿐인걸요. 모르긴

몰라도 저 아래 발레 지역에서 난 것이 풍미는 더 좋을 겁니다."

"그럴 리가요."

"그쪽의 태양은 이곳과 다르잖습니까." 백작이 설명했다. "저 아랫동네에는 밤과 낮이 있어서 식물이 쉴 수 있지만, 여긴 햇볕이 스물네 시간 내내 비춰요. 그러니까 해가 뜨는 기간에는 말이죠."

"그래서 이 포도주가 특별한지도 모르겠군요." 볼메르슨은 포도주 한 모금을 입에 머금은 채 잠시 음미했다. "이보다 나을 수는 없을 것 같은데, 비결이 뭡니까?"

백작은 손님의 잔을 다시 채워주었다.

"늘 그렇듯 비밀은 품종과 토질, 햇볕에 있죠. 이곳에는 그게 두루 갖춰져 있고요. 저는 조금 묵직한 포도주를 얻고 싶을 때 피노 품종을 사용합니다. 가벼운 걸 원할 땐 이렇게 가메를 쓰고요. 그렇지만 시작은 늘 발레로 하죠. 개인적으로 발레가 향이 가장 풍부하다고 생각하거든요. 지금은 피노 누아르와 가메를 조합해서 돌*처럼 숭고한 포도주를 만드는 연구를 하고 있습니다."

———

* 스위스 발레 지방의 가장 유명한 포도주로 두 가지 품종을 섞어 만든다.

"돌이 잡종이었나요?" 볼메르슨이 깜짝 놀라 눈썹을 치올리며 물었다.

"그렇습니다." 백작이 미소를 지어 보였다. "사람도 그렇지만 순종이 늘 최고의 맛을 내는 건 아니죠."

변호사는 고개를 주억거리며 새 포도주를 가지러 가는 백작을 바라보았다. '참 묘한 사람이야.' 그가 생각했다. '죽은 형과 이렇게 다르다니. 도무지 대영지의 소유주라고는 상상이 안 가.' 그때까지도 볼메르슨은 유산에 관한 얘기를 꺼내지 못하던 터였다. 백작과 나눌 만한, 보다 근본적인 이야기들이 있다는 생각에서였다. 이제 상속에 관해 이야기해야겠다고 막 마음먹은 참에, 백작이 새로운 포도주를 가져와 그에게 소개했다.

"이건 꼭 맛보셔야 합니다. 개인적으로 꽤 성공했다고 생각하는 부르고뉴입니다."

잔이 채워지자마자 볼메르슨은 목적을 잊고 포도주 향에 빠져들었다.

"아, 향이 정말 굉장하군요!" 이어 그가 포도주를 들이켰다. "백작, 정말 대단한 개성에, 대단한 향에, 대단한 풍미입니다! 알코올 함량도 적당하고, 과실 본래의 신맛과 단맛이 환상적인 조화를 이루고 있어요."

백작의 얼굴에 행복한 미소가 넘쳐흘렀다. 드디어 자

신의 포도주를 마시기만 하는 게 아니라 이해까지 하는 사람을 만난 것이었다.

"마음껏 드세요. 포도주는 얼마든지 있습니다."

그래서 볼메르슨은 마음껏 들이켰다. 만족감에 입술을 핥으며 그가 감탄사를 연발했다.

"놀랍군요. 마시면 마실수록 맛이 더 좋아지다니! 최고급 포도주라는 걸 이것저것 많이 마셔봤지만, 이렇게 섬세한 맛을 가진 건 없었습니다. 혹시 백포도주도 만드십니까?"

"한 해에 몇 병만, 샤슬라 품종으로 만듭니다. 제가 백포도주 애호가는 못 되어서요. 그걸 마시면 배 속에서 난리가 나죠."

"저도 그렇습니다. 해산물이나 생선을 먹을 때만 한잔씩 곁들이는 수준이죠. 저한테는 적포도주가 더 잘 맞아요."

두 사내는 포도주의 즐거움에 탐닉하며 남은 저녁 시간을 보냈다. 유산 상속 문제에 대한 이야기는 한마디도 나오지 않았다. 볼메르슨은 잠자리에 들어서야 자신이 이곳까지 온 진짜 이유를 기억해냈다. 기분 좋은 취기가 온몸을 휘감고 있었다. 깃털처럼 가벼워진 채 현실에서 멀리 물러난 기분이었다. 포도주가 그의 몸에 남아

출렁이던 바다를 몰아내고 그 안을 고요한 침묵으로 채운 것이다. 그는 상념에 빠져들었다. 생각이 아무런 걸림돌 없이 이곳에서 저곳으로 가볍게 날아다니다가, 마침내 크고 눈부신 하나의 주제로 모아졌다. 이에 그는 눈을 뜨고 몹시 놀란 얼굴로 천장을 응시했다.

이어지는 며칠 동안, 볼메르슨은 백작의 안내를 받아 최근 개간한 밭과 관개시설, 아직은 작고 단단한 포도가 자라나고 있는 온실을 둘러보았다. 백작과 함께 산속을 거닐며 웅장한 산맥의 아름다움에도 취했다. 평범한 존재의 이해력을 초월한 절대적 아름다움이었다. 백작은 저녁마다 이국적인 요리를 만들어냈다. 그때마다 변호사는 식탁을 차리고 포도주 병의 코르크 마개를 땄다. 두 사람은 식탁보가 깔리고 접시 옆에 꽃과 촛불이 놓인 식탁에서 함께 저녁을 들었다.

그러던 어느 날 밤, 볼메르슨은 통 잠을 이룰 수가 없었다. 온갖 새로운 감정과 생각으로 머릿속이 어지러웠다. 그는 잠자리를 빠져나와 산과 피오르가 멀리 내다보이는 집 앞 벤치에 나가 앉았다.

사실 볼메르슨에게는 고민이 있었다. 백작의 집에서 며칠을 보내는 동안 지금까지의 삶이 제공했던 것과는 정반대의 관점을 갖게 되었던 것이다. 그는 코펜하겐에서의 일상을 떠올렸다. 방 네 개짜리 집과 깨끗한 거리에서의 산책, 사무실, 의뢰인들, 온갖 소음과 소란스러움, 우글거리는 사람들과 무거운 공기, 이런저런 법률과 규칙, 정치인과 권력자, 쥐처럼 자신의 살과 뼈를 갉아먹던 그 밖의 다른 여러 것들도 떠올랐다. 딱 그런 이미지였다. 코펜하겐에서 보낸 지난 일상은 눈에 띄는 것을 닥치는 대로 갉아먹는 설치류 같았다. 그는 부정적인 생각들을 밀어내고 자기가 속한 사회를 긍정적인 시각으로 바라보려 애썼다. 그 사회는 분명 그가 잘되기만을 바라는 사회였다. 하지만 아무리 편견 없이 보려 해도 긍정적인 생각을 가질 수가 없었다. 밤 12시, 꿀처럼 노란 태양 아래 침묵에 잠긴 만을 보면서는, 인간의 흔적이라고는 찾아보기 힘든 북극의 순결한 산을 보면서는, 내면에서 들려오는 절대적인 고요의 메아리에 귀를 기울이면서는 도무지 그럴 수가 없었다. 백작과 함께한 며칠의 산책이 그로 하여금 과거 자신이 걸어온 길을 옹호할 수 없게 만들었다.

볼메르손은 깊은 한숨을 내쉬었다. 어떻게 생각하면 지금까지처럼 사는 게 맞았지만, 동시에 그래선 안 된다는 느낌이 들었다. 그건 스스로에게 정직하지 못한, 위선적인 삶이 될 것이었다.

그는 의자에서 일어나 백작의 호밀밭을 둘러보았다. 이어 집 뒤편 산허리에 무사마귀처럼 돋아난 언덕을 가로질러, 강을 따라 그로버산의 가파른 길을 오르기 시작했다. 숨이 차오르며 온몸이 땀에 젖고 장딴지의 근육과 어깨 관절이 욱신거렸지만 그는 걸음을 늦추지 않았다. 정상에 오르자 금갈색 이불처럼 바다까지 펼쳐진 거대한 럼 계곡이 보였다. 멀리 계곡 너머에는 까마귀 떼가 요란하게 울며 하늘을 날고, 그 뒤로 여름의 강이 풍요롭게 넘쳐흐르고 있었다.

볼메르슨은 돌 위에 털썩 주저앉아 시가를 꺼냈다. 정성껏 끝을 자른 뒤, 불을 붙이고 조심스럽게 연기를 빨아들였다. 시가 연기가 혀에 돋은 작은 돌기를 간질였다. 이렇게 맛 좋은 시가는 처음이었다.

"오, 하느님, 부디 저를 지켜주세요. 이렇게 어리석어질 권리가 제겐 없습니다." 그가 중얼거렸다.

잠시 후, 볼메르슨은 결심한 듯 고개를 끄덕였다. 그러곤 럼 계곡을 향해 말했다.

"1년만 날 좀 견뎌줘. 너라는 낙원에서 딱 1년만 살 수 있게 허락해줘."

올슨 선장은 이제 행복한 백만장자가 백작이라는 사실을 알게 된 터였다. 그런데 머리가 터지도록 아무리 생각을 해봐도, 어떻게 해야 풍요의 뿔 같은 저 귀족을 손에 넣을지 방법이 보이지 않았다. 다만 분명한 건 조만간 무슨 일이 일어나리라는 사실이었다. 올슨은 톰슨곶에 보급품을 내리고 한 해 동안 얻은 털가죽을 배에 실었다. 이어 백작과 볼메르슨을 배에 태우기 위해 그로버만을 향해 뱃머리를 돌렸다. 항해는 꼬박 하루 반나절이 걸렸다. 마침내 그로버만 앞바다에 닻을 내린 그는 육지로 들어갔다. 백작과 볼메르슨 변호사는 온실 안에서 포도주 잔을 기울이고 있었다.

올슨도 자기 잔을 받아 들고 자리를 잡았다. 그가 명랑한 어조로 입을 열었다.

"볼메르슨 선생, 휴양도 끝났으니 이제 배에 오르셔야죠. 다시 그네도 타고요. 하하!"

변호사는 선장을 향해 미소를 지으며 잔을 들어 보였다. 올슨은 포도주를 한입에 털어넣고 꿀꺽 삼켰다. 트림처럼 시큼한 포도주는 그의 취향이 아니었지만 백작이 백만장자가 된 이상 기분을 맞춰줘야 했다.

갑자기 그가 모기라도 때려잡듯 손뼉을 쳤다.

"귀환 길에 승객을 세 명이나 태우다니. 기록이야."

그가 말했다. "레우즈가 관 속에 있는 게 아쉽긴 하지만. 안 그랬으면 넷이서 블로트*게임이라도 했을 텐데."

"레우즈가 돌아가?" 백작이 놀라서 물었다.

"응, 코펜하겐에 가족이 있으니까. 다들 시신이 돌아오길 목 빠지게 기다리고 있을 거야. 알다시피 레우즈는 좋은 집안 출신이잖아. 진짜 영묘까지 있는. 그래서 지금도 값비싼 아연 관 속에 들어 있고. 그래도 뱃삯은 싸. 화물하고 같이 갑판 위에서 여행을 할 거니까. 말하자면 덤 같은 거지."

"레우즈가 누굽니까?" 볼메르슨이 물었다.

"바람의 계곡에 살던 사냥꾼이에요. 중위와 결투를 했는데, 패배를 못 견디고 핌불에서 권총으로 자살했죠." 백작이 대답했다.

"장엄한 죽음이군요." 볼메르슨 변호사가 말했다.

"맞아요. 레우즈는 스케일이 컸어요. 그런 사람들은 지혜도 남다르죠. 할보르랑 좀 비슷했어요. 할보르는 몇 년 전에 미쳐서 동료를 잡아먹은 친굽니다." 올슨 선장이 말했다.

---

* 네 명이 둘씩 짝을 이뤄서 하는 카드놀이.

"기괴하네요." 볼메르슨은 제 몫의 운명에 덥석 걸려든 이들에 대해 잠시 생각했다. 그가 물었다. "그 할보르라는 사람은 어떻게 됐죠?"

"아, 재판을 받고 집행유예로 노르웨이 집에 갔어요." 올슨이 말했다. "미쳐서 그런 거지 일부러 그런 건 아니니까요. 지금은 신부님이 되어서 로포텐제도에 삽니다. 그건 그렇고 백작, 돌아가면 할보르한테 놀러갈 수 있겠군."

백작이 고개를 저었다.

"내가 왜 돌아가, 올슨?"

그가 빈잔을 채우려고 포도주 병을 들자, 올슨은 손으로 자기 잔을 막았다.

"왜긴 왜야? 백만장자가 됐으니까 가야지. 그런 조건이라면 여기 남을 필요가 없잖아. 혹시 원한다면 내가 응접실도 내주고, 항해 내내 최고급으로 대우해줄게. 일반 편도보다 많이 비싸지는 않을 거야."

백작이 미소를 지었다.

"고마워, 올슨. 그런데 난 돌아갈 계획이 없어. 게다가 지금은 농사를 도와주겠다는 동료까지 생겼는걸. 떠나기에는 할 일이 너무 많아."

"동료라고?" 선장이 못 믿겠다는 표정으로 백작을

쳐다보았다. "그게 누군데?"

"접니다." 볼메르슨이 대답했다. "올겨울은 그로버만에서 보내려고요."

올슨은 당황한 얼굴로 두 사람을 번갈아 보았다.

"그런데…… 선생 표는 왕복이었던 걸로 기억하는데요?" 선장이 더듬더듬 물었다.

"아, 그건 당연히 환불해주셔야죠." 볼메르슨이 시가를 꺼내 코끝에 대고 향을 맡더니 백작을 향해 물었다. "혹시 담배 재배도 해보셨습니까?"

백작은 온실의 용마루를 향해 천천히 오르는 짙고 파란 연기를 응시하며 입을 열었다.

"아뇨, 제가 담배를 피우지 않아서 생각을 못 해봤네요. 담배 모종에 관해 잘 아십니까?"

변호사는 미소를 지으며 한쪽 눈을 찡긋해 보였다.

"전혀 모릅니다. 하지만 모든 일에는 시작이 있는 법이지요."

자기방어 사례

—

자연이 많은 일을 해낸다는 또
하나의 증거

　감독관은 금세 진짜 골칫거리가 되었다. 그것도 검지
에 생긴 봉와직염*이나 급성 치질 같은 악성이었으니, 식
칼로 응급처치를 하거나 빨래 통에 따뜻한 물을 받아
좌욕을 한다고 낫는 그런 종류가 아니었다.
　베슬 마리호를 타고 연안에 이른 그는 올슨 선장의
안내를 받아 톰슨곳에 내렸다.

—

* 세균 감염에 의한 급성 피부병.

"친구들, 캄캄한 그린란드가 드디어 학문의 혜택을 보게 됐어." 올슨이 행복한 얼굴로 감독관을 소개했다. "이 양반이 감독관이신데, 앞으로 여기서 지내며 눈멧새 수를 세고 사향소의 짝짓기 습성을 연구하실 거야, 헤헤. 거기다가 아직 준비 중이기는 하지만, 새로운 사냥 규칙을 만들어서 다들 잘 따르는지 확인한다고 하셨어."

키가 큰 과학자는 자갈로 된 해변 한가운데 구부정하게 선 채 연신 고개를 끄덕였다. 그러곤 5K짜리 코안경 너머로 말없이 주변을 둘러보며 뾰족한 이빨을 드러낸 채 여우처럼 교활한 미소를 지었다.

톰슨곶의 기지 대장인 매스 매슨은 반가이 그를 맞았다. 단조로운 일상을 뒤엎는 것이라면 그에겐 뭐든 환영이었다. 사냥꾼들은 감독관을 대신해 짐을 들고 그를 집으로 데려가 음식과 마실 것을 대접했다. 그가 편히 잘 수 있도록 검은 머리 빌리암의 침대도 내주었다. 그런데 이 공무원은 참으로 이상한 사람이었다. 자신에게 베풀어진 호의를 모두 당연하게 여기며 하숙비를 낸 사람처럼 게걸스레 먹고 마셨을 뿐 아니라, 몇 달 전부터 예약이라도 해놓은 양 당당하게 빌리암의 침대를 차지한 것이다. 모두 알다시피, 고마운 마음은 여러 다양한 방식으로 표현되기 마련이다. 하지만 그는 고맙다는 말을 아예 못 배운 사람 같았다. 대신 그가 내민 것은 공문서였다. 공문서에는 그를 재워주고 먹여주는 대가로 사냥꾼들이 하루 2크로네 이상은 받을 수 없다는 내용이 적혀 있었다. 참으로 가당찮고 우스운 금액이었다.

감독관은 자기가 이곳에서 겨울을 나야 한다며 회사 대표의 또 다른 공문을 들이밀었다. 문서의 내용은 이랬다. 비요르켄보르는 이번 파견의 학문적 기지가 되어야 한다. 감독관은 최고의 대우를 받아야 하며, 기지 대장 비요르켄은 감독관의 안전을 책임져야 한다. 이에 대한 대가로 받는 500크로네는 비요르켄보르의 나머지 동료들과 공평하게 분배되어야 한다.

감독관의 임무는 여러 가지였다. 항해 중 그 이야기를 들은 올슨은 특히 눈멧새가 연구 대상이라고 설명했다. 그러면서 이 작은 조류의 생활 방식에는 아직 연구되지 않은 부분이 많아서 누군가는 반드시 밝혀낼 필요가 있다고 주장했다. 하지만 누구를 위해, 왜 그래야 하는지는 그도 몰랐다. 여하튼 그것 말고도 감독관은 겨우내 사향소 수를 집계하고, 곰의 동면 리듬과 두건바다표범의 이동 경로 등 하나같이 요상한 것을 연구할 모양이었다. 그린란드 북동부 주민들은 감독관의 임무가 고도의 학문적 지식을 요하는 일이라며 커다란 흥미를 보였고, 집에서 증류한 술과 라벨이 붙은 포도주를 대접함으로써 호의를 베풀었다.

감독관은 몸을 사리는 신중한 성격이었다. 그는 증류주 중에서도 제일 달고 향기로운 술조차 거절하고 암탉처럼 고고한 자세로 앉아서 쩨쩨하게 맹물만 홀짝였다.

물론 독한 음료를 마시지 않는다는 이유로 누군가를 비난할 수는 없다. 정상적인 관점에서 엄밀히 따져보면 도무지 이해되지 않는 행동이었지만, 그런 사람도 모두가 인정할 만한 여러 다른 장점을 지녔을 수 있으니 말이다. 이런 이유로 사냥꾼들은 간질 환자도 청교도도 아닌 감독관이 물만 실컷 홀짝이게 놔두었고, 그의 기행에 관해 더는 언급하지 않았다.

베슬 마리호가 도착하고 며칠 뒤, 비요르켄보르의 주민들은 거듭된 감독관의 요구에 따라 그와 함께 배에 올라 비요르켄보르로 향했다. 그리고 앞서 말했듯, 감독관은 진짜 골칫거리가 되었다.

비요르켄보르에 도착하자마자 감독관은 자기 방을 달라고 요구했다. 집에 방이 하나밖에 없다는 점과 별채 오두막 두 채는 창고로 사용되고 있다는 점을 눈으로 확인하고 나서도 그랬다.

비요르켄과 낮짝은 어안이 벙벙해진 채로 몇 분을 보냈고, 라스릴은 놀라서 감독관의 가방을 놓쳐버렸다. 가방은 철퍼덕 소리를 내며 바닥에 떨어졌다. 이제껏 이런 요구를 한 사람은 없었다.

감독관은 교활한 미소를 지으며 양팔을 벌렸다.

"내가 같은 공간에서 잠도 자고 일도 한 경우가 없는 터라 방이 두 개면 더 좋겠지만, 여건상 지금은 불가능해 보여서 그 정도로 양보하는 거요."

비요르켄은 귀를 의심했다. 놀라 벌어진 입에서 흘러내린 담배 즙이 턱까지 내려간 뒤에야 간신히 정신을 차린 그가 물었다.

"뭐라고?"

감독관이 자기 딴에는 소박하기 그지없는 요구 사항들을 다시 읊자 비요르켄은 찌푸린 얼굴로 낮짝을 바라보았다.

"이봐, 너도 내가 들은 거랑 같은 얘길 들은 거지? 방금 저 양반이 조용히 지내고 싶다고 한 거 맞아? 방 몇 개에 전용 욕실과 수세식 화장실이 딸린 스위트룸에서?"

낮짝은 고개를 끄덕이고 손가락을 들어 안경다리를 대신한 고무줄을 튕겼다. 음악 연주는 늘 마음을 진정시키는 효과를 내니까. 그러곤 약간 걱정스러운 얼굴로 감독관을 바라보며 한차례 심호흡을 한 뒤 입을 열었다.

"대충 그런 말이었던 것 같아. 그런데 비요르켄, 이분은 여기 온 지 얼마 안 됐잖아. 네가 이해해."

매사를 희극적으로 바라보는 경향이 있는 라스릴은 감독관의 말을 당연히 농담으로 받아들였다.

"정말 재밌지 않아요? 하하하, 방 두 개에 욕실하고 변소라니!"

그가 웃으며 아스파라거스처럼 길쭉한 과학자를 다정하게 바라보았다. 비요르켄보르에 진짜 재밌는 사람이 온 모양이었다.

하지만 낮짝은 상황의 심각성을 감지한 참이었다.

"비요르켄보르에서는 저 사람의 요구를 충족시킬 수 없어." 그가 비요르켄에게 말했다. "그래서 말인데, 다른 곳으로 보내면 어떨까? 로이비크도 동료가 생기면 좋아할 거야."

비요르켄이 등을 곧게 펴고 기지 대장답게 근엄한 얼굴로 입을 열었다.

"로이비크는 우리한테 잘못한 게 없어. 이곳 어딜 가든 개인 아파트 같은 걸 갖지는 못할 테고." 그가 감독관의 눈을 똑바로 바라보았다. "이봐, 여기선 모두 같이 자고, 같이 먹고, 같이 일해. 같은 방에서 생활하고, 같은 썰매를 타고, 가끔 자리가 부족하면 같은 침대에서 자기도 하지. 여기서 다른 사람보다 더 나은 사람이란 없거든. 그러니까 누군가 비요르켄보르에서 살길 원한다면, 회사 대표가 아랫동네에서 생각하듯이 정말로 그러길 원하는 사람이 있다면, 그가 다른 사람의, 이 비요르켄보르 주민의 생활 여건에 맞춰야 해. 염병할, 알아들었어? 이상 끝."

그의 말에는 공식적인 울림이 있었다.

감독관은 식탁에 앉아 염소수염을 파르르 떨었다. 그러더니 교활한 미소를 지으며 팔을 크게 휘둘러 겉옷 안주머니에서 회사 대표의 편지를 꺼냈다. 곧 또 한 번의 우아한 손놀림이 이어졌고, 그러자 이번에는 도금한 코안경이 나왔다.

"여기 뭐라고 적혀 있는지 봅시다." 그가 중얼거리듯 말했다. "인용 시작. '감독관은 비요르켄보르를 탐사 기지로 삼는다. 기지 대장은 그에게 독립된 연구실을 마련해주고, 파견 근무 중인 과학자의 보조로 일하며 그의 말에 복종한다.' 이상 끝."

인용문 낭독이 끝나자 감독관은 편지를 다시 접어 넣

은 뒤, 뾰족한 코에서 안경을 내리고 의기양양한 표정으로 비요르켄을 바라보았다.

"기지 대장께서도 이제 아셨을 거요. 올해에는 과학적 업무가 기지의 다른 어떤 업무보다 우선시되어야 하오. 자, 그럼, 다른 방이 없는 듯하니 이 방을 학문 연구를 위한 곳으로 쓰겠소."

"그러면 우리는요? 우리는 어디로 가라고요?" 당황한 라스릴이 물었다.

"그건 내가 알 바가 아니네, 젊은 친구. 기지 대장에게 물어볼 일이야."

"염병할!"

비요르켄은 경악했다. 그는 깡마른 감독관을 노려보며 분노에 이를 갈았다. 어떻게 보아도 화를 내는 것이 마땅한 상황이었기에 그의 반응에 놀라는 이는 없었다.

"빌어먹을, 기가 차서 말도 안 나오네. 난 기지 대장의 권한으로……."

"원한다면 서면으로 이의를 제기하시오. 당신에겐 그럴 권리가 있으니까. 하지만 그 불손한 언사는 고맙지만 사양하겠소. 불만 사항은 내가 회사 대표나 그린란드 장관에게 전달하도록 하지. 복사본 한 부는 기지 자료로 보관해야 하니 세 부를 작성하는 게 좋을 거요."

여기서 감독관은 검지를 들어 비요르켄의 입을 틀어막고 말을 이어갔다. "그리고 기지 대장, 이 점을 명심하시오. 항의문은 이번 탐사의 대장인 내게 먼저 보여주고 서명을 받아야 하오. 무슨 말인지 알겠소?"

비요르켄은 속수무책으로 속을 끓였다. 어찌나 화가 나는지 말도 제대로 나오지 않을 지경이었다.

"개새끼! 이 개뼈다귀 같은 놈! 네가 뭔데 그래? 극단 단장 놀음이라도 하고 싶은 거야? 왜, 순회공연을 왔는데 엑스트라가 필요해? 엉? 꺼져, 이 어릿광대 같은 놈, 기생충 같은 놈! 뭐 이런 웃기는 놈이 다 있지? 뭐, 기지 문서? 염병을 하네. 여기가 무슨 국립도서관이라도 되는 줄 알아? 문서? 우리가 그딴 걸 어디에 쓰는지 알려줄까? 잘 들어. 그런 건 개들을 데리고 외진 곳에 갈 때나 쓰는 거야. 한 장씩 가져다가 뒤를 닦는 데 쓴다고!"

비요르켄은 거무튀튀한 침을 사방으로 튀기며 분통을 터뜨렸다. 그 바람에 감독관의 얼굴이 온통 침으로 뒤덮였다.

"제기랄, 머리가 얼마나 나쁘면 이런 얼간이를 여기 보낼 수 있지? 어떻게 아무 문제도 없을 거라고 생각했지?"

감독관은 큼지막한 흰색 손수건을 펼쳐 뺨에 들러붙

은 담배 찌꺼기의 흔적을 지웠다.

"선생, 내가 여기 있는 한 당신은 내 말에 따라야 하오. 어떤 상황에서든 나를 돕는 게 기지 대장과 이곳 사람들의 의무니까. 이건 회사의 명령이오. 명심하시오. 그리고 정부가 선의를 베풀지 않았다면 당신들이 이곳에 올 수 없었다는 점도 잊지 마시오."

비요르켄이 으르렁거렸다.

"선의라니, 무슨 뚱딴지같은 소리야? 우리가 여기 있는 건 여우, 곰, 바다표범을 사냥하기 위해서야! 아줌마들 목에 뭔가를 둘러주기 위해서라고! 왜냐? 흥, 남아메리카엘 한번 가보시지! 갈보 집마다 곰 가죽을 침대 덮개로 쓰는 걸 볼 수 있을걸! 게다가 영국 귀부인들은 바다코끼리 음경으로 골프 가방을 만들어 쓴다고! 그게 우리가 여기 있는 이유야! 또 우린 좋아서 여기 있기도 하지! 여기선 아랫동네 공무원들 같은 원숭이 자식들을 안 봐도 되니까! 알겠어?"

감독관은 비요르켄을 차갑게 바라보았다.

"정부가 당신 같은 종족들에게 왕실 식민지의 일부를 열어 아량을 베풀지 않았다면 이 땅이 오염되는 일은 없었을 거요. 청정 지역으로 본래의 아름다움을 잃지 않았을 거란 말이오. 자고새도 인간의 손길을 피하지 않았을 테고, 모피 때문에 무고한 동물들이 피를 흘리는 일도 없었겠지."

"닥쳐." 비요르켄이 소리쳤다. "사냥은 동물끼리도 해. 늘 그래왔어. 그런데 네가 뭐라고 그딴 소릴 지껄이지? 네가 우리보다 나으면 얼마나 나은데? 여긴 자유의 땅이야. 그게 우리가 여길 좋아하는 이유고!"

"아니, 그린란드는 고립의 땅이오." 감독관이 반박했다. "만에 하나 내가 연구에 필요한 도움을 받지 못한다면, 그땐 아무도 이곳에 들어올 수 없게 만들 거요. 내가 발이 꽤 넓어서 그 정도의 영향력은 행사할 수 있거든."

비요르켄은 의자에 털썩 주저앉았다. 그의 커다란 손이 식탁 위에서 천천히 쥐어졌다 펴지기를 반복했다. 딱 봐도 감독관의 가느다란 모가지를 비틀고 싶은 욕구가 확연히 드러났다.

낮짝은 대장의 화를 가라앉히려 애썼다.

"해결책을 찾아보자." 그가 조용히 말했다. "싸우는 대신 타협을 보면 어떨까? 감독관에게 방의 절반을 주고 우리가 나머지 절반을 사용하면?"

"여긴 침대 셋을 들일 자리가 없어." 비요르켄이 투덜거렸다.

"제가 다락에서 자면 돼요." 분위기를 누그러뜨리기

위해 라스릴이 제안했다.

감독관은 식탁에 팔꿈치를 괸 채 손가락 끝을 마주 댔다.

"그 정도면 받아들일 수 있겠군." 그가 고개를 끄덕이며 말했다. "이웃 간의 정을 생각해서 방의 절반으로 만족하겠소."

감독관은 의자 등받이에 몸을 기대고 조끼 호주머니에서 큼지막한 금시계를 꺼내더니 꼬박 1분 동안 시곗바늘을 응시했다. 마침내 기계가 애국가의 첫 두 소절을 연주했고, 그는 마지막 음이 사라지기 전에 시계 뚜껑을 덮고 흡족한 표정으로 의자에서 일어났다.

"여러분." 그가 비요르켄보르 사람들의 눈을 하나하나 들여다보며 말했다. "이제 잘 시간이오."

감독관은 라스릴의 침대로 올라가 자기 이불을 펼쳤다. 이어 열 번쯤 팔다리 굽혀 펴기를 한 다음 편안하게 누워 한숨을 쉬었다.

"6시 정각에 깨워주시오. 나는 아침에 차를 마시고, 토스트에 꿀을 발라 먹소."

모든 일은 낯짝의 제안에 따라 진행되었다. 사냥꾼들은 별채 오두막 중 한 채를 허물고 며칠 동안 바쁘게 일했다. 화가 날 대로 난 비요르켄은 두 방 사이에 문을 설치하려는 낮짝에게 강력하게 반발했다. 대신 그는 북쪽 합각머리의 일부를 뜯어내고 임시로 오두막 문을 만들었다. 감독관 전용 출입구였다.

반으로 나뉜 방은 예상대로 좁았다. 큰 식탁을 그대로 둬서는 도저히 침대 셋을 놓을 수가 없었다. 결국 라스릴의 침대가 다락으로 옮겨져 지붕을 떠받친 두 개의 서까래 사이에 놓였다. 이 극단적인 해결책은 라스릴보다 비요르켄의 심기를 더 불편하게 만들었다.

감독관의 방은 그린란드 북동부에 생긴 최초의 연구실이었다. 안에는 침대 외에도 탁자 둘, 스물한 권의 책이 꽂힌 책장 하나, 감독관이 직접 공수해 온 접의자가 배치되었다. 큰 탁자에는 학술 자료와 타자기가 올라갔고, 침대 옆 작은 탁자에는 러시아산 사모바르와 실크 갓이 달린 흰색 대리석 램프가 놓였다.

감독관은 사생활을 보호하며 연구에 집중하려 애썼지만, 얼마 안 가 사회생활을 즐기는 천성이 드러나기 시작했다. 그는 자기 말마따나 토론을 좋아했고, 이웃을 가르치려는 불타는 욕망을 지닌 사람이었다. 온갖 분야에 걸쳐 아는 것도 굉장히 많았는데, 자기가 가진 지식을 타인에게 전수하는 것을 일종의 의무로 여겼다.

이러한 의무를 다하기 위해 그는 여러 차례 이웃을 위해 봉사할 의지를 보였으나 그때마다 비요르켄이 강력하게 반발하고 나섰다. 그는 잔뜩 화가 나서 자기 공간에 감독관이 들어오는 꼴을 못 보았고, 감독관이라면 냄새도 맡기 싫어했다. 이런 이유로 낯짝은 매번 준비한 식사를 들고 현관과 북쪽의 과학자 전용 출입구를 들락거려야 했으며, 감독관은 감독관대로 지식의 전달이라는 의무를 다하지 못한 채 따돌림 속에서 고독한 시간을 보내야 했다.

"저 뼈다귀에게 문을 열어주느니 차라리 악마에게 내 가죽을 벗어주겠어." 낯짝이 휘스트*의 네 번째 주자로 감독관을 추천하자 비요르켄이 투덜댔다. "낯짝, 저자는 위험해. 알겠어? 정부 당국의 끄나풀이라고. 우리처럼 자유로운 영혼들이 저런 인간과 접촉한다는 건 안 될 말이야. 장담하는데, 저런 놈들은 홍역보다 감염의 위험이 커. 무시무시한 식인종 새끼들이지. 법률과 공문 나부랭이를 만들어서 우리처럼 자유롭게 사는 사람들을 착취하고 그걸로 배를 불리거든."

———

* 카드놀이의 한 종류.

낮짝은 놀란 눈으로 오랜 동료를 바라보았다. 그는 비요르켄만큼 정부 기관에 관해 아는 게 많지 않았다.

"그렇게 위험해 보이지는 않던데? 종이에 그냥 몇 자 끼적이는 게 전부잖아."

"바로 그거야." 비요르켄이 신경을 곤두세우며 말을 이었다. "그게 진짜 위험한 거라니까! 저 자식들이 종이에 뭔가를 끼적거리자마자 어마어마한 배경이 생겨나거든. 선량한 사람들을 종이에 적힌 말에 복종하게 만드는 그런 배경 말이야. 저런 얼간이가 별생각 없이 지껄이는 말 몇 마디로 하루아침에 베슬 마리호의 운행이 중단될 수 있어. 감독관이 슬쩍 운만 띄워도 우리 모두 여기서 쫓겨날 수 있다고. 왕이나 장관보다도 더 큰 권력을 손에 쥔 악마라고나 할까? 한마디로 정부의 끄나풀이라 할 수 있지. 염병할 놈들! 낮짝, 이걸 대가리에 잘 집어넣어 둬. 저런 놈들하고는 카드놀이 같은 건 절대 하면 안 돼."

"네가 그렇다면야……."

낮짝은 정부의 끄나풀이라는 말을 더 잘 이해하기 위해 눈을 감고 상상에 잠겼다.

"그뿐이 아니야." 비요르켄이 덧붙였다. "내가 장담하는데, 저런 악마는 카드놀이를 할 때 속임수를 써. 딱 보면 알아. 꼬라지가 그래. 폼 잡는 꼬락서니도, 교활한 웃음도.”

감독관은 비요르켄보르에서 지낸 지 몇 달 만에 극심한 고독을 느끼기 시작했다. 워낙 인내심 많고 자부심 강한 사람인지라 기지 대장의 상스럽고 원시적인 도발을 이 악물고 무시했지만, 이따금씩 인간의 목소리를 듣기 위해 칸막이에 귀를 가져다 대지 않을 수가 없었다. 그런 상태로 고독한 또 한 달이 지나자, 사람에 대한 그리움이 너무도 간절해진 그는 이웃들을 볼 수 있게끔 주머니칼로 판자 사이의 틈을 넓혔다.

이어지는 몇 주는 행복했다. 감독관은 같이 사는 사람들의 일거수일투족을 관찰하며 멋진 시간을 보냈다. 하지만 그러던 어느 날, 비요르켄이 이 즐거움을 잔인무도하게 앗아가버렸다.

올슨 선장은 그해에도 예년처럼 비요르켄에게 씹는담배 3킬로그램을 가져다주었다. 그리고 비요르켄은 언제나처럼 배가 다녀간 뒤 몇 달 사이 이 성스러운 물건을 마구 남용했다. 그는 가히 씹는담배의 달인이라 할 만했다. 왼쪽 엄지와 검지를 이용해 철제 상자에서 담배를 집어 올리고 몇 번 굴려 씹기 좋은 모양으로 다듬은 뒤

우아한 몸짓으로 갈색 감로를 입에 넣는 모습은 한마디로 예술이었다. 담배가 일단 입안에 장착되면 절대로 입을 벌리는 법이 없었다. 담배를 입에 넣을 때도 경험이 부족한 사람들과 달리 윗입술을 커다란 매부리코에 닿을 정도로 한껏 까뒤집고, 단단하게 잘 뭉친 담배를 누런 앞니 위에 올린 다음, 뒤집혀 있던 윗입술을 아래로 둥글게 말아 내리는 식이었다. 이러한 비요르켄의 의식을 지켜보는 일은 모두에게 크나큰 즐거움이었다.

그날도 비요르켄은 이 섬세하고도 까다로운 취미 생활을 즐기고 있었다. 그런데 꿈꾸듯 무심결에 고개를 돌리던 그의 시야에 전에는 안보이던 희미한 빛이 감지되었다. 몸을 앞으로 살짝 굽히자, 이내 판자 틈으로 한껏 벌어진 구멍이 보였다. 은밀하고도 심도 있는 검열 끝에, 마침내 그는 감독관의 호기심 어린 눈이 구멍 안쪽에서 깜박이고 있음을 알아차렸다.

비요르켄은 이처럼 좋은 기회를 그냥 날려버릴 사람이 아니었다. 그는 시침을 뚝 떼고 라스릴에게 돌아오는 크리스마스 파티 이야기를 꺼냈다. 그러면서 크리스마스 저녁에 감독관을 초대하자고 제안해 수습생을 깜짝 놀라게 했다. 칸막이 뒤에 있던 감독관의 눈도 커졌다. 그러다 라스릴이 식탁 위에 커피포트를 내려놓고 선반으로 잔을 가지러 가려는 순간이었다. 비요르켄이 아무 예고도 없이 몸을 앞으로 숙이더니 담배 즙과 뒤섞인 침을 식탁 너머로 분사했다. 침은 라스릴의 오른쪽 귀 근처를 스치고 벽에 난 구멍 한가운데를 통과해 크게 뜬 감독관의 눈에 박혔다.

감독관이 비명을 내질렀다. 훗날 비요르켄이 공포 영화에나 나옴 직한 초자연적인 소리라고 표현하게 될 소리였다. 낯짝과 라스릴은 놀라서 현관으로 뛰어나가 반대편 문을 열고 감독관의 방으로 들어갔다. 그러는 내내 비요르켄은 평온한 얼굴이었다. 잠시 후, 그가 조용히 일어나 입안에 남아 있던 담배를 석탄 상자에 뱉었다. 그러고는 아무 일도 없었다는 듯 식탁으로 돌아와 커피를 따르고 새로 씹을 담배를 준비했다.

낯짝이 며칠에 걸쳐 다친 감독관의 눈을 치료했다. 먼저 얼음을 녹인 물로 감독관의 눈을 깨끗이 씻기고, 부득이 귀약 몇 방울을 눈에 넣은 뒤, 기름때가 낀 솜을 눈꺼풀에 대고 붕대로 감았다. 감독관은 고통에 신음했고, 경찰과 정부와 그 밖의 다른 악질 기관들을 들먹이며 협박을 쏟아냈다. 비요르켄은 입에서 흘러나온 담배 즙이 길고 뾰족한 턱에 종유석처럼 매달릴 때까지 웃어댔다.

"감독관이 사생활을 고집하니 잘됐지 뭐야. 이참에 나도 그 우라질 사생활을 보호할까 해."

그는 병마개를 찾아다가 판자에 뚫린 구멍을 막았다.

감독관과 관련된 모든 것이 비요르켄의 신경을 극도로 자극했다. 특히 100점 만점의 정확성으로 매시간 힘차게 애국가를 부르는 시계가 그랬다. 그 시계 때문에 비요르켄은 한밤중에도 수없이 잠을 깨야 했다. 감독관이 잠자리에 들며 시계를 걸어두는 벽 너머에 하필이면 그의 침대가 붙어 있기 때문이었다.

"염병할, 저 따발총을 어떻게 좀 해야지 안 되겠어." 비요르켄이 으르렁거렸다. "뼈다귀가 옆방에 살기 시작한 뒤로는 제대로 잠을 잔 적이 없다고."

그런데 시계에 정말로 무슨 일이 일어나고 말았다. 그것도 매우 효과적이고 결정적인 방식으로!

그 일은 이렇게 시작되었다.

끈질긴 현장 검증을 이어가고 악착같이 책상에 들러붙어 연구한 끝에, 감독관은 마침내 새로운 사냥 규칙을 완성했다. 바야흐로 회의를 열어 비요르켄보르 사람들에게 자기가 만든 사냥 규칙을 발표할 때였다. 아침 식사 후, 라스릴이 빈 접시를 찾으러 왔다. 감독관은 그에게 서면으로 작성한 초대장을 쥐어 보냈다.

모임의 주체가 다른 사람이었다면 이런 초대장은 열렬한 환영을 받았을 것이다. 그러나 그가 다름 아닌 감독관이었기에, 비요르켄은 초대장을 구겨 화덕 속에 집어던지고는 입에 담기도 어려운 욕설을 퍼부었다.

"안 가!" 그는 귀가 멀 정도로 커다란 소리로 고함쳤다. "안 가! 안 간다고! 절대 안 가!"

"그런데 이건 정보를 나누기 위한 회의잖아요. 내년에 사냥을 어떻게 할지 들으려면 가야 하지 않을까요?" 라스릴이 지적했다.

"난 그냥 할 거야. 늘 하던 대로 할 거라고!" 비요르켄이 소리쳤다. "가고 싶으면 너희들이나 가. 가서 캐모마일 차나 홀짝이면서 그 자식이 지껄이는 허튼소리를 실컷 들어. 난 집에 있을 거야."

그리고 그날 저녁이 왔다. 모임을 갖기에 더없이 좋은 날이었다. 거칠게 몰아치는 북동풍에 눈보라가 일어서 지붕 용마루를 뒤덮고, 달은 바람에 흩어지는 먹구름 뒤에서 피오르 위로 불안정한 빛을 흩뿌렸다. 검은 주철 난로는 휘파람 소리를 내며 기분 좋게 타오르고 있었다. 집 안에서 화주를 홀짝이며 옛날이야기를 듣거나 수

다를 떨기 딱 좋은, 모임이 곧 천상의 선물이 될 그런 저녁이었다.

낮짝과 라스릴은 두꺼운 천으로 된 깨끗한 바지에 흰색 아노락 차림으로 나타났다. 두 사람이 감독관의 침대에 걸터앉아 방 주인의 말에 귀를 기울이기 시작하자, 비요르켄은 구멍에서 마개를 빼냈다. 그러곤 감독관의 방에서 벌어지는 일을 하나도 빠짐없이 보고 들었다.

감독관이 심혈을 기울여 만든 새로운 사냥법을 적용하자면 조만간 모든 사냥이 금지될 듯 보였다. 사향소는 스테이크의 형태로 더는 연안의 식탁에 오를 수 없었고, 그린란드 북동부 상공에서는 청둥오리와 기러기를 사냥할 수 없었다. 여우는 일정한 나이에 이른 수컷만 잡을 수 있도록 권리가 한정되었다.

낮짝이 걱정스러운 표정으로 고개를 저었다.

"못 해요." 그가 반대 의견을 내놓았다. "이 법이 통과되면 우리 모두 짐을 싸야 한다고요."

라스릴은 앞으로의 여우 사냥에 집착했다.

"너무 복잡해요. 멀리서 어떻게 수컷과 암컷을 구분하죠? 게다가 여우에게 어떻게 나이를 물어봐요?"

감독관은 코안경을 벗고 카디건의 소맷부리에 양쪽

엄지손가락을 집어넣더니 접의자에서 일어나 방 안을 서성이기 시작했다.

"내 제안에 몇 가지 어려움이 있다는 건 인정하오." 그는 곁눈질로 판자 틈의 구멍을 살펴 비요르켄이 자기 말을 듣고 있는지 확인한 뒤 말을 이었다. "하지만 이 법은 멸종 위기에 놓인 그린란드 북동부의 동물을 보호하기 위해 만들어진 것이오. 다시 한번 강조하는데, 사냥꾼 여러분을 곤란하게 할 의도는 전혀 없소. 안타깝게도 몇몇 강화 조치와 허가 축소 조치가 여러분의 일에 영향을 끼치긴 하겠지만 우리에겐 변화가 필요하오. 말하자면 직장 내 구조 조정인 셈이랄까. 무엇보다 사냥꾼의 수를 줄일 필요가 있소."

감독관은 두 팔을 들어 양해를 구하는 시늉을 해 보이며 구멍 앞에 멈춰 섰다.

"누군가의 불행은 다른 누군가에게 혼란을 야기하는 법이지, 하하! 이 작은 변화를 속담으로 표현하자면 그렇다는 거요."

나무 칸막이 너머에서 끔찍한 욕설이 들려왔지만 감독관은 못 들은 척했다. 오히려 비요르켄이 더 잘 들을 수 있도록 목소리를 한층 높였다.

"나는 합산과 통계, 간단한 계산을 통해 최소 10년이라는 재생의 시간이 동물들에게 필요하다는 결론에 도달했소."

"합산요?" 언제나 진지하게 배울 자세가 되어 있는 라스릴이 물었다.

"현장에서 산출해낸 합산 말이오. 이 수치를 통해 상황이 얼마나 심각한지 명백해졌지. 이제 마구잡이식 사냥은 금지되어야 하오." 감독관이 대답했다.

낮짝과 라스릴은 남은 회의 시간 내내 잠자코 있었다. 그런 뒤 감독관이 권하는 캐모마일 차도 거절하고 이마에 깊은 주름이 팬 채로 회의장을 떠났다.

두 사람이 돌아오자 이번에는 비요르켄과의 토론이 시작되었다.

"합산이라고 했는데, 그게 무슨 뜻 같아?" 낮짝이 묻고는 안경을 벗더니 커다란 체크무늬 행주로 눈곱 낀 눈을 닦았다.

"감독관이 집 앞 의자에 앉아서 멧새가 보일 때마다 수첩에 줄을 긋는 걸 봤어요. 내 생각에는 그걸 말하는 거 같아요." 라스릴이 대답했다.

"순전히 공갈이야. 저자가 사향소를 셀 때 내가 쌍안경으로 봤는데, 꽃 계곡으로 가서 눈에 보이는 소의 수를 세더라고. 마침 소가 두 마리 있었지. 숫자를 센 다음

에는 그 주변이 몇 제곱미터인지 계산해서 그걸 단위로 삼아 그린란드 북동부의 전체 면적을 나누고, 거기서 나온 값에 2를 곱했지. 멍청하게도 각 단위마다 같은 수의 소가 있다고 생각한 거야. 그렇게 엉터리로 북극에 사는 사향소 수를 집계했다니, 이게 사기가 아니면 뭐겠어?" 비요르켄이 투덜거렸다.

라스릴이 용기를 북돋는 듯한 어조로 입을 열었다. 그는 늘 인생을 낙관적으로 생각하고, 어두운 면보다는 밝은 면을 보려 애쓰는 사람이었다.

"그런데 감독관이 이런 말도 했어요. 경우에 따라서는 우리도 자기방어를 할 수 있다고요. 그런 걸 권리 행사라고 한대요."

"맞아, 그게 바로 투우라는 거지. 사향소를 성나게 하는 악랄한 짓 말이야. 살다 살다 저렇게 머저리 같은 인간은 처음 보는군. 감독관은 이 세상에서 사라져야해. 염병할, 저런 놈을 이곳에 데려오느니 베슬 마리호가 빙하에 갇히거나 폭풍우에 조난당했어야 했는데."

"그러면 올슨이 보고 싶었을 거예요."

라스릴의 다정한 말에 낯짝과 비요르켄도 동의하지 않을 수 없었다.

잠시 후, 낯짝이 조심스럽게 말을 꺼냈다.

"감독관을 어떻게 없앨지 생각해보자." 자기가 말을 해놓고도 꽤나 놀란 눈치였다.

비요르켄은 실눈을 뜬 채 한동안 오랜 친구를 응시했다.

"낮짝, 그거 좋은 생각인데. 진짜 기막힌 생각이야. 정말 똑똑하잖아? 우리가 속으로만 생각하던 걸 어떻게 그렇게 정확히 소리 내 말할 수 있지?" 이어 그는 감독관이 듣지 못하도록 목소리를 낮추었다. "벽 너머의 저자가 죽으면 지구도 다시 예전처럼 잘 돌아가겠지. 안 그래? 계절도 다시 순환할 테고, 모든 게 옛날처럼 좋아질 거야. 반대로 저자가 계속 살아 있으면, 빌어먹을, 세상은 멈출 거고. 그러니까 우리가 죽기 전에 저자가 먼저 죽어야 해. 새로운 사냥 규칙이라니, 말도 안 돼. 그걸 따르다가는 머잖아 초목이 부족해질 거야. 소가 너무 많아질 테니까. 그럼 남아도는 소는 어떻게 될까? 우리 손에 죽는 대신 굶어 죽겠지? 그럼 무슨 일이 일어날까? 그래, 여우들이 죽은 소의 사체를 먹고 엄청나게 번식할 거야. 그러면 또 어떻게 될까?" 여기서 비요르켄은 고개를 끄덕이는 친구들을 한번 둘러보았다.

"그래, 급작스럽게 늘어난 여우들이 나그네쥐와 새를 마구 잡아먹겠지. 그러면 그 작은 동물들은 전멸할 테고, 작은 동물들이 사라지면 결국 여우도 싹 다 없어지지 않겠어? 빌어먹을, 이런 재앙이 세상에 또 어디 있어! 바다 동물은 또 어떻고? 그래, 상상하는 대로야. 바다표범 무리가 엄청나게 늘어나는 건 시간문제겠지. 그래서 우리가 생태계의 질서를 살짝 잡아줘야 하는 거라고. 안 그러면 개체 수가 급증한 바다표범이 바닷속 먹잇감을 모조리 먹어치우고, 더 이상 먹을 게 없어져서 나중에는 서로 잡아먹을 테니까. 그렇게 결국 바다표범도 사라지겠지? 그다음 차례는 곰일 테고."

"왜요?" 라스릴이 숨을 죽인 채 속삭였다. 그는 비요르켄의 연설이 너무나 좋았다.

"친구, 왜긴 왜야? 곰이 먹을 게 없어지니 당연한 거 아니야? 그때가 되면 새도, 나그네쥐도, 바다표범도, 물고기도 더는 보이지 않을 거야. 곰은 먹지 못해 쇠약해질 거고, 비타민 결핍으로 괴로워하겠지. 그다음에 무슨 일이 벌어질지는 모두가 알 거고."

"무슨 일이 벌어지는데요, 비요르켄?"

"병에 걸리지. 온갖 종류의 병에 걸린다고. 몸이 약해지면 면역력이 떨어져서 페스트에 걸리고 결핵에도 걸리고, 그러다가 결국에는 곰도 멸종하는 거지. 하얀색 예쁜 곰 인형을 끌어안고 잠드는 밤도 영원히 안녕이라고.

이게 다 머저리 같은 저 자식 때문이야. 벽 너머에 있는 저 자가 선량한 사람들이 자연의 균형을 정상적으로 유지하며 사는 걸 방해해서라고."

"그러면 우린 어떻게 해요?" 이제 라스릴의 눈에도 새로운 사냥 규칙이 가져다줄 끔찍한 결과가 보이기 시작했다.

"어떻게 하냐고? 저 자식을 죽이면 되지." 비요르켄이 천장을 올려다보았다. "그래도 대놓고 죽이는 건 아마 좀 어려울 거야. 그게 아무리 정당한 일이라 해도."

"어째서요, 비요르켄?" 라스릴이 식탁 위로 몸을 기울였다. "저는 오히려 그러는 편이 나을 것 같은데요. 여기선 죽일 수 있는 방법이 많잖아요, 머리를 한 대 갈겨도 되고, 크레바스에 쑤셔 넣어도 되고, 산으로 데려가서 살짝 밀어도 되고, 그것도 아니면 감독관이 입은 옷 주머니를 돼지비계로 꽉꽉 채워서 개한테 던져줘도 되고요. 안 그래요, 비요르켄?"

비요르켄은 대답하지 않았다. 몇 차례 고개를 저을 뿐, 아무 말이 없었다.

낮짝은 감독관이 한 말을 되짚어 생각해보다가, 잠시 후 입을 열었다.

"이봐, 비요르켄, 만약에 우리가 감독관으로부터 그

린란드 북동부를 해방시키면, 그게 바로 자기방어인 셈인가?"

"정확해. 방금 네가 한 말이 바로 내가 하려던 말이었어." 비요르켄이 대답했다.

낮짝은 만족한 얼굴로 한숨을 내쉬었다.

"이제 명확해졌네. 그러니까, 그게 합법적이란 얘기지?"

이어지는 기간 동안에는 비요르켄과 감독관의 사이가 눈에 띄게 개선되는 듯 보였다. 두 사람은 아침마다 각자의 거처 박공 앞에서 예의 바르게 인사를 주고받은 뒤 오전의 위생 업무를 치렀다. 심지어 날씨 얘기를 주고받는 날도 있었다.

하지만 사실 비요르켄보르 사람들 사이에는 견디기 힘든 긴장감이 감돌고 있었다. 사냥꾼들은 새로운 사냥 규칙에 관해 가능한 한 말을 아꼈고, 감독관이 거론될 때마다 조심스러운 표현을 사용했다. 그리고 셋 모두가 동시에 집에서 보내는 시간을 최소한으로 줄이기 위해 애썼다. 어쩌다 다 같이 집에 있게 되면 각자 생각에 잠겨 자기 일에 몰두했다. 세 사람 모두 자신을 제외한 다른 두 사람이 감독관의 처절한 종말을 준비하고 있다고 믿었고, 결국에는 그 둘 중 누군가가 비요르켄보르와 그린란드 북동부를 구원할 집행인이 되리라는 생각에 오싹해했다. 그러나 그들 중 아무도 '살인'이라는 단어를 머릿속에 떠올리지는 않았다.

크리스마스 이틀 전, 마침내 감독관이 사라졌다. 라스릴이 여우 덫을 살피고 돌아온 비요르켄과 낯짝을 즐거운 얼굴로 맞이하며 말했다.

"감독관이 없어졌어요."

"없어져?" 비요르켄이 의아한 얼굴로 수습생을 바라보았다. "무슨 일이지? 이렇게 추운 날에는 밖에 나가지 않잖아."

낯짝은 안경에 낀 성에를 닦고서 활짝 미소 지었다.

"감독관이 사라졌대, 비요르켄. 그게 무슨 뜻인지는 너도 잘 알잖아."

그제야 비요르켄은 상황을 이해했다.

"아, 맞아, 그렇지. 알겠어. 그러니까, 밖으로 산책을 나갔다가 길을 잃은 모양이지? 하하하! 그런데 라스릴, 녀석이 정말 어디로 갔을까?"

그가 청년에게 윙크를 보내자, 라스릴도 영문을 모른 채 덩달아 한쪽 눈을 찡긋했다.

"오늘 저녁 식사 때는 술을 좀 마셔야겠군." 비요르

켄이 두툼한 양 손바닥을 문질렀다. "축제의 저녁이잖아. 이제 더는 칸막이 너머에서 애국가가 울려 퍼지지 않을 테니까."

사냥꾼 셋은 집으로 들어갔다. 라스릴이 화덕의 약한 불에 올려둔 냄비 안에서 무언가 보글보글 끓고 있었다.

"수프를 만들고 있었어? 하하." 비요르켄이 웃음을 터뜨렸다. "그런데 어이쿠, 뼈만 많고 고기는 별로 없네. 이건 또 왜 이럴까?"

"수프요?" 라스릴은 혼란스러운 얼굴로 냄비를 들여다보았다. "포피에트*인데, 수프가 더 좋아요?"

비요르켄이 라스릴의 어깨를 다정하게 두드렸다.

"괜찮아. 이렇게 멋진 저녁에 그런 게 뭐 중요하겠어?" 그러더니 이번에는 조금 더 세게 수습생의 등짝을 갈기며 말을 이었다. "라스릴, 그런데 너 이제 보니 완전히 악동이잖아! 어떻게 이렇게 시치미를 뚝 뗄 수 있지? 정말 웃기는 녀석이네. 어쨌든 진짜 잘했다. 나라도 더 잘하지는 못했을 거야."

—

* 채소로 속을 넣어 둥글게 만 고기 요리.

포피에트를 먹고서 세 사람은 독주를 4분의 1리터씩 마셨다. 그런 뒤에야 비요르켄이 조금 더 자세한 내용을 듣고 싶다는 의중을 비추었다.

"이봐, 어린 친구." 그가 다정하게 라스릴을 불렀다.

"머릿속이 꽤 복잡하겠어. 말하자면 어른들의 세계에 발을 들인 셈이잖아. 하하하! 이제 여자랑 어울릴 일만 남았네."

라스릴이 고개를 끄덕이며 바보처럼 웃었다.

"맞아요, 비요르켄. 그런데 그게 무슨 말이에요?"

"남자와는 싸우고, 여자와는 잠을 자라. 친구, 그게 자고로 어른의 할 일이지. 그건 그렇고, 이제 말해봐. 그 자식을 진짜 어떻게 한 거야?"

"누구요, 비요르켄?"

"감독관이지 누구겠어? 그런데 정말 조용하게도 해치웠네. 찍소리 하나 없이. 어쩜 이렇게 감쪽같을 수 있지?"

"아, 감독관요!" 라스릴은 그제야 감을 잡은 듯 말했다. "그러니까…… 내가 아침 식사를 가져다주고 한시간 뒤에 접시를 가지러 갔었어요."

비요르켄이 요란하게 웃으며 주먹으로 식탁을 세게 쳤다.

"역시, 생각했던 대로야. 친구, 혹시 비밀이 아니라면 오늘 아침 메뉴가 뭐였는지 살짝 물어봐도 될까?"

"귀리죽과 캐모마일 차, 꿀을 바른 냉동 건빵이었어요." 라스릴이 대답하고는 정직하고도 놀란 눈으로 기지 대장을 바라보았다. "그건 왜요, 비요르켄?"

"그거 말고 다른 건 없었어? 확실해?" 비요르켄은 이 젊은이의 사기를 북돋을 요량으로 한쪽 눈을 찡긋해 보였다. "괜찮으니까 어서 얘기해봐. 아무한테도 말하지 않을게. 스트리크닌*이나 비소도 좀 섞은 거 맞지? 다락에 있는 노르웨이 사탕도 같이 줬나? 아니야?"

라스릴이 고개를 저었다.

"방금 얘기한 거 말고는 아무것도 안 줬는데요. 그런 것도 줬어야 했나요?"

비요르켄은 어깨를 으쓱였다.

"뭐, 그렇다면 아침 식사에는 위험한 게 없었다는 거네. 좋아, 그럼 그다음에는 뭘 했어? 대체 그 자식을 어디다 감춘 거야?"

———

* 인도, 미얀마, 오스트레일리아 북부에 분포하는 식물인 마전의 씨에 함유되어 있는 알칼로이드로 독성이 매우 강하다.

"접시를 치운 뒤로는 못 봤어요. 정말이에요, 비요르켄." 라스릴이 가련한 얼굴로 대답했다. "설거지를 한 다음에는 물을 길어 오려고 호수에 갔거든요. 그런데 돌아와서 보니까 감독관이 사라지고 없었어요."

비요르켄은 식탁 끝에 있던 슈냅스를 낚아채 병째 들이켰다. 술로 마음을 다잡은 뒤, 그가 이번에는 심각한 얼굴로 낯짝을 쳐다보았다.

"낯짝, 넌 뭐 할 말 없어?"

"나?" 낯짝이 깜짝 놀라 눈을 동그랗게 떴다. "내가 뭘 얘기해야 하지?"

"거 왜, 감독관에 관한 거 말이야. 예를 들면 그자가 어떻게 사라졌는지, 혹은 어디다 숨겼는지, 뭐 그런 거."

낯짝은 얼굴을 붉히며 화를 냈다. 그가 손가락으로 비요르켄을 가리키며 말했다.

"그러는 너는? 감독관에 대해서라면 네가 라스릴이나 나보다 더 많은 걸 알고 있을 텐데? 우리가 하지도 않은 일을 우리한테 뒤집어씌울 생각 마. 나는 순록 계곡에서 일주일 내내 짐승처럼 일했어. 감독관을 죽일 생각 따위는 할 시간도 없었다고. 알겠어? 자, 말해봐, 그럼 너는 어디 있었는데?"

비요르켄은 자리에서 일어나 싸늘한 눈으로 친구들

을 노려보았다.

"난 너희들한테 설명할 게 없어. 그래, 라스릴이 감독관의 운명에 대해 모를 수 있다는 건 이해가 돼. 하지만 낮짝, 난 그자를 마지막으로 본 사람이 바로 너라고 확신해."

"바보 같은 소리 마, 비요르켄. 난 정말이지 아무것도 모른다고. 내가 그자를 마지막으로 본 건 어제저녁이야. 감독관이 나한테 금시계를 좀 살펴봐달라고 했거든. 시계가 고장이 났는지 단추를 누르지 않아도 매시간 음악이 울린다면서 말이야."

비요르켄이 눈살을 찌푸렸다.

"무슨 단추? 음악이 나오려면 단추를 눌러야 하는 거였어?"

"맞아, 시계에 밥을 줄 때 돌리는 단추랑 똑같은 건데, 그게 고장 나서 음악이 저절로 울리더라고. 감독관도 굉장히 당황한 눈치였어."

비요르켄의 얼굴이 붉어졌다.

"젠장, 그럼 그동안 그 얼간이가 오로지 나를 엿 먹이기 위해 한 시간마다 단추를 눌렀다는 거야? 그것도 오밤중에? 허 참, 누군지는 몰라도 정말 잘했네. 감독관을 알아서 없애주다니."

세 사람은 한동안 서로를 삐딱하게 바라보았다. 누가 감독관을 마지막으로 봤지? 대체 누가 죽였을까? 라스릴이 커피를 내왔을 때에야 낮짝이 다시 이 문제를 도마 위에 올렸다.

"말해봐, 비요르켄, 도대체 어떻게 한 거야? 내가 간섭할 일이 아니라는 건 알지만, 아무도 눈치채지 못한 솜씨를 공개하는 것도 나쁘지 않잖아."

비요르켄이 요란하게 잔을 내려놓았다.

"그만해, 낮짝. 그 염병할 감독관에 대해서는 더 이상 한 마디도 하지 마. 난 그 자식이 사라진 것과 아무 관련이 없어. 그리고 이건 내가 설명하지 않아도 네가 알고 있어야지. 기지 대장으로서 나는 경찰서장의 임무도 맡고 있어. 경찰서장이 이렇게 아무 대책도 없이 사람을 죽였다는 얘기 들어본 적 있어?"

세 사람은 저녁이 다 가도록 침묵을 지켰고, 아무도 살인을 자백하려 들지 않았다. 시간이 지나며 불신과 거북함이 점점 커졌다. 살인자는 셋 중 한 사람이었다. 누군가 감독관을 추운 바깥으로 유인해 얼려버렸거나, 토막을 냈거나, 죽을 때까지 팬 것이었다. 어딘가에 있을 시체만 단서로 남겨놓고서. 감독관의 시신은 심장까지 얼어붙어 크레바스 속이나 눈 더미 아래, 혹은 돌무더기

밑에 숨겨져 있을 터였다. 선한 기독교인이라면 누구에게나 허용된 장례도 치르지 못한 채, 마지막 가는 길을 배웅하는 사람 하나 없이, 애도의 눈물이나 추도사조차 없이 잊힐 것이다. 이것이 저기 바깥 어딘가에 누워 영면에 들었을 꺽다리 감독관의 비참한 최후였다. 그런데도 살인자는 따뜻한 거실에 앉아서 독주와 커피를 홀짝이고 있었다.

그날 저녁, 라스릴은 다락에서 자게 되어 다행이라는 생각이 들었다. 그는 촛불 아래 누워 얼음으로 뒤덮인 천장의 경사면에 시선을 고정한 채 혼자 생각에 잠겼다. 아래층에서 동료들의 뒤척이는 소리와 비요르켄의 투덜거리는 소리가 들려왔다.

"대체 누가 이런 동료들을 나한테 붙여준 거야! 너희들이 감독관을 없애서 이러는 게 아니야. 경찰서장의 막중한 책임만 아니었다면 내가 했을 테니까. 하지만 빌어먹을, 너희들 중 누군가가 이렇게까지 음흉한 건 참기가 힘들어. 감독관은 사라져야 마땅했어. 그건 우리 모두 동의한 거야. 그런데 이게 뭐지? 무슨 일이 있어도 우린 서로한테 마음을 터놓는 친구여야 하잖아. 안 그래?"

라스릴은 침대에 누운 채 고개를 끄덕였다.

'비요르켄의 말이 맞아. 감독관을 없앤 사람은 솔직

하게 털어놓아야 해. 적어도 양심의 가책을 느낀다면.'

이어 낮짝이 이야기하는 소리가 들려왔다.

"죄가 있건 없건 난 우리 모두에게 책임이 있다고 생각해. 문제는 누가 그런 행운을 누렸는지 가려내야 한다는 건데, 뭐, 사실 그게 그렇게 어려운 일은 아니야. 지금 저 위에 있는 라스릴은 이런 실종 사건을 계획할 만큼 영리하지가 않거든. 그리고 내가 한 일도 아니니까 남은 건 비요르켄 너뿐이란 얘기지."

그러자 비요르켄이 화를 참지 못하고 주먹으로 위층 침대 바닥을 쳤다.

"염병할, 지금 날 살인자로 모는 거야? 비열한 자식!"

"난 남에게 함부로 죄를 묻지 않아. 아무 이유 없이는." 낮짝은 침대 난간 너머로 몸을 숙이고 근시인 눈으로 아래층 침대의 비요르켄을 노려보았다. "네가 아니면 누구겠어?"

"그쯤 해둬!" 비요르켄은 화가 머리끝까지 치밀어 시트를 젖히고 침대 밖으로 뛰쳐나왔다. "그만 떠벌리고 날 좀 가만히 내버려둘 수 없겠어? 오늘부터 난 감독관 방에서 잘 거야. 거기에서라면 최소한 이 두 악당들로부터 날 보호할 수 있을 테니까. 들어올 생각은 마. 그랬다간 인정사정 안 보고 다 쏴버릴 거야."

비요르켄은 화가 나서 방을 나가면서도 잊지 않고 커피포트와 총과 화주를 챙겼다.

사내들은 스물네 시간 동안이나 서로 떨어져 지냈다. 그러다가 낮짝이 칸막이벽의 구멍 마개를 빼내고 기지 대장에게 물었다.

"비요르켄, 같이 감독관을 찾으러 나가지 않겠어?"

"하!" 비요르켄은 대답 대신 콧방귀만 뀌었다.

"어쩌면 그자가 아직 살아 있을지도 모르잖아?"

"허허!" 비요르켄은 대답 대신 헛웃음만 쳤다.

"이 일은 경찰서장으로서 네가 책임져야 할 일이기도 해." 낮짝이 힘주어 말했다.

비요르켄은 감독관의 의자에서 일어나 구멍을 노려보았다.

"낮짝, 이제야 양심의 가책이 느껴져?"

"그럴지도 모르지. 어쨌든 그자가 밖에서 위험에 처해 있으면 어떻게 해? 그러면 데려와서 품위 있게 죽을 수 있도록 도와줘야 하지 않겠어?" 낮짝이 말했다.

"죽을 수 있도록 도와준다니, 그게 무슨 말이지?" 비요르켄이 으르렁거렸다. "적어도 자리를 떠나기 전에 숨통이 완전히 끊겼는지 확인해봤어야지, 이 멍청한 자식아!"

낮짝은 대답하지 않았다. 비요르켄을 기쁘게 해줄 수만 있다면 잠시 살인죄를 뒤집어쓰는 것도 나쁘지 않다는 생각이었다. 더군다나 수사가 미제로 끝나는 한 폭발 직전의 집 안 분위기는 영영 좋아지지 않을 듯싶었다. 감독관만 찾으면 살인자도 저절로 밝혀질 거라고 그는 믿었다.

크리스마스 저녁이었다. 세 사람은 커다란 페트로막스 램프와 장전한 총을 들고 어둠 속을 걸었다. 비요르켄섬을 지나 납작 계곡을 내려온 뒤 빙하를 가로질러 작은 피오르 입구에 이를 때까지 세 사내는 입을 꾹 다문 채 어깨를 나란히 하고 걸었다. 아무도 앞서 걸으려 하지 않았는데, 셋 중 한 사람이 살인자이기 때문이었다.

물가에 쌓인 눈 더미를 오를 때였다. 거대한 그림자 하나가 얼음 사이로 모습을 드러냈다. 그림자는 밤의 정적을 찢으며 무섭게 포효하더니 램프의 불빛을 향해 달려들었다. 곰, 크기가 어마어마한 암컷 곰이었다. 곰은 눈을 멀게 하는 불빛에 놀랐는지 사냥꾼 셋을 노려보며 무섭게 울부짖었다.

곰을 잡아본 경험이 있는데도 라스릴은 겁에 질려 총을 떨어뜨리고는 비요르켄 뒤로 뛰어들었다. 비요르켄이 셋 중 키가 제일 커서 몸을 숨기기에 좋았다.

낯짝은 램프를 빙판 위에 살며시 내려놓았다. 이어 총을 어깨에 얹고, 통장갑 속의 엄지손가락으로 오른쪽 안경알을 닦았다. 그가 외쳤다.

"일어서, 이 녀석아!"

낯짝의 말이 떨어지기 무섭게 곰이 뒷발로 섰다. 그러곤 배 속이 훤히 보일 만큼 아가리를 쫙 벌리더니 앞발을 휘두르기 시작했다. 낯짝이 방아쇠를 당겼다. 총알은 심장을 관통했고, 곰은 그 자리에서 즉사했다.

"와, 엄청 커요!" 라스릴이 겁에 질려 속삭였다. 그가 비요르켄의 그림자에서 나와 동그란 눈으로 이제 막 숨을 거둔 곰을 살펴보았다. "이제까지 본 것 중 제일 큰 것 같아요."

비요르켄은 아버지처럼 다정하게 라스릴의 어깨에 커다란 손을 얹었다.

"친구, 이 정도는 아무것도 아냐. 전에 내가 사냥한 곰은 얼마나 컸는지, 녀석의 머리를 겨냥하느라 바닥에 누워야 했다고."

사냥꾼들은 짐승에게 가까이 다가갔다. 곰의 입언저리에 피가 묻어 있었다. 총알이 박힌 곳은 심장 한가운데였기에, 곰이 한창 식사 중이었다는 쪽으로 모두의 의견이 모아졌다. 밥을 먹던 중이라 그렇게 불같이 화를 낸 모양이었다.

"멋진 모포가 되겠는걸." 낮짝이 흡족한 얼굴로 말했다. 그가 무릎을 꿇고 두툼한 미색 털 속으로 손을 밀어 넣었다.

"이런 겨울 곰들은 당최 종잡을 수가 없다니까. 겨울잠도 안 자고, 먹을 걸 찾아 쉼 없이 돌아다니니 말이야." 비요르켄이 말하며 곰의 묵직한 다리 한쪽을 몸통 쪽으로 쓱 밀었다. "다리를 모아야지, 이 친구야! 5월의 젊은 여자처럼 그렇게 누워 있으면 어떻게 해!"

"좀 늙은 녀석 같죠?" 라스릴이 물었다.

비요르켄이 고개를 끄덕였다.

"그렇게 젊지는 않네. 그런데도 얌전히 겨울잠을 자기에는 좀이 쑤셨나 봐. 보아하니 새끼는 안 낳은 것 같고. 이런 말괄량이들이 제일 위험해. 허기를 엄청나게 느끼거든. 너 혼자 이 곰을 만났다면 보나 마나 한입에 잡아먹혔을걸. 살가죽에서 머리털, 장화까지 싹 다!"

사냥꾼들은 한동안 경탄 어린 마음으로 죽은 짐승을 바라보았다. 그러다가 순간 세 사람의 몸이 뻣뻣해졌다. 빙판 위로 가냘픈 음악 소리가 들려오기 시작했던 것이다. 애국가였다.

낯짝과 비요르켄의 시선이 교차했다.

"감독관이에요!" 라스릴이 겁에 질린 표정으로 속삭였다.

수습생의 말에 두 사람도 고개를 끄덕였다. 낯짝은 가죽 모자를 벗고 고개를 숙였다.

"어디에 있는 거죠?" 얼음 더미에 시선을 고정한 채 라스릴이 물었다. "여기서 뭘 하는 걸까요?"

"그자는 여기 있어, 친구." 비요르켄이 총으로 곰의 배를 가리켰다. "말하자면 소화되고 있는 중이지."

낯짝이 통장갑 안에 더운 공기를 불어넣고 말했다.

"아마 오줌을 누러 나왔을 거야."

비요르켄이 고개를 끄덕였다.

"곰이 한 대 쳐서 여기까지 끌고 온 거고."

라스릴이 겁에 질린 목소리로 이야기를 매듭지었다.

"그러곤 잡아먹었고요."

"그래. 살가죽과 머리털, 온종일 풍악을 울려대는 시계까지 몽땅 먹었어." 비요르켄이 구부정한 등을 펴곤 말을 이었다. "염병, 그러니까 일이 이렇게 된 거였군. 우라질 녀석, 배가 엄청 고팠던 모양이지. 대단한 식욕이야."

그는 커다란 코를 치켜들고 깊이 숨을 들이마셨다.

"자연은 우리가 모르는 방어 장치를 지니고 있어. 아

무리 세게 눌러도 용수철처럼 튀어 올라 우리로서는 도저히 막을 수 없는 그런 장치 말이지."

낯짝이 배 앞에 쥐고 있던 모자를 비틀었다.

"순식간이었겠지?" 그가 주제를 돌렸다. 비요르켄의 장광설을 모면하기 위해서였다. "격에 좀 맞지 않지만, 아마 바지춤을 추스를 시간도 없었을 거야."

라반

—

상상력이 부족한 나라에서는 아마
'래시'*라고 불렸을 라반의 모험

전적으로 실화에 기반한 이 북극 이야기를 기록하는
입장에서, 사냥개 라반의 모험을 소개하기에 앞서 몇 가
지 걱정스러운 면이 없지 않았다. 하지만 라반의 생김새
가 여러 목격자들에 의해 정확히 묘사되었고, 온갖 신문
이 이 개의 모험담을 세세히 다루며 사진까지 실은 터이
니, 게다가 로스만의 겸손한 사냥꾼 로이비크로부터 직

—

* 에릭 나이트의 소설 『명견 래시』의 주인공인 충견의 이름.

접 들은 이야기이기에, 결국 라반의 이야기에 신빙성이 충분하며, 만에 하나라도 부정확하다는 혐의를 받을 일은 없다는 결론에 이르러 마침내 이 이야기를 포함시키기로 결정했다.

라반은 여러 면에서 평범한 개가 아니었다. 대부분의 개보다 몸집이 큰 데다, 풍성한 털의 윤기도 남달랐다. 그린란드 북동부의 다른 어느 개보다 영리했고, 충성스러웠으며, 재주도 많았다.

라반은 로이비크의 개였다. 로이비크에게 다른 개가 없었기에 이 개는 사냥 기지에서 특별한 대접을 받았다. 로이비크와 라반 사이에는 묘한 공통점이 있었다. 둘은 마치 일란성쌍둥이처럼 매사에 놀라운 의견 일치를 보였다. 인간과 동물 사이에서만 가능한 초자연적인 교감이었다. 로이비크는 감성과 이성을 초월해 자기 개를 사랑했고, 라반은 본성과 감각을 초월해 제 주인을 사랑했다.

라반의 태생에 관해 알려진 것은 녀석의 뿌리가 덴마크와 노르웨이에 있다는 사실뿐이었다. 나중에 '비단결'이라는 이름으로 알려지게 되는 라반의 엄마는 올레순 영사인 비야르케센의 개로, 다리가 가늘고 긴 러시아 그레이하운드였다. 혈통도 좋고 워낙 예뻐서, 비단결은 영사의 대저택에서 평화로운 나날을 보내며 행복하게 살았다.

비단결에게는 자기 전에 동네를 한 바퀴 도는 습관이 있었다. 신선한 공기를 마시고 볼일을 보기 위해서였다.

그날도 언제나처럼 저녁 산책에 나선 비단결은 불행히도 그린란드 북동부의 한 사냥꾼과 마주쳤다. 그는 이튿날 아침 '북극의 빛'호를 타고 떠날 예정으로, 다가올 겨울에 썰매견으로 쓸 만한 개를 찾고 있었다. 비단결을 발견한 사냥꾼은 들고 있던 자루를 내려놓은 뒤 휘파람을 불어 개를 유인했다. 자루에는 먼저 잡은 닥스훈트와 미니 콜리가 한 마리씩 들어있었다. 비단결이 가까이 다가오자 그는 부츠 한 짝을 벗어 들고 순식간에 이 가여운 개를 제압했다.

비단결은 사냥꾼을 따라 하우나의 오두막에 도착했다. 이 개는 순하고 착했지만 한없이 게을렀다. 그래서 사냥꾼은 비단결을 보자마자 그 아름다움에 반한 레우즈에게 얼른 녀석을 팔아버렸다.

라반의 아빠는 오르후스에 자리한 한 동물 판매상의 집에서 자랐다. 이 개는 잉크처럼 까만 뉴펀들랜드종으로 이름은 '사탄'이었는데, 고약한 성질 때문에 붙은 이름이었다. 사탄이 성견이 되자 동물 판매상은 힘센 썰매견을 구한다는 광고를 보고서 이 개를 사냥 회사 대표에게 선물했고, 얼마 후 녀석은 사나운 개를 잘 다루기로 소문난 로이비크에게 맡겨졌다.

비단결과 사탄이 처음 맞붙었을 땐 그야말로 불꽃이 튀었다. 무서우리만치 사납게 서로를 물고 뜯는 통에 두 개의 털 뭉치가 로이비크의 귀 언저리를 날아다니곤 했다. 그러다가 나중에는 또 애정 표현을 얼마나 격하게 하는지, 보다 못한 로이비크가 둘을 떼어놓기 위해 양동이에 물을 길어다가 수차례 부어야 할 정도였다. 며칠 만에 사탄과 비단결은 떼려야 뗄 수 없는 사이가 되었고, 몇 달이 지난 뒤에는 둘 다 로이비크에게 고분고분해져 물거나 으르렁대는 일 없이 잠자코 썰매에 묶이게 되었다.

비단결이 처음 낳은 강아지들은 태어나자마자 사탄에게 잡아먹혔다. 사탄은 비단결 곁에 검은 벽처럼 버티고 서 있다가 새끼가 나오는 족족 잡아먹었다. 로이비크는 강아지들을 돕지 못하고 문간에 서서 지켜보기만 했다. 사탄조차도 어쩌지 못하는 본능이 저지른 짓이었기에 끼어들지 않는 편이 나았다.

하지만 비단결이 두 번째 출산을 한 날은 달랐다. 로

이비크는 처음 나온 강아지를 사탄의 이빨로부터 구해냈다. 그는 강아지를 집 안으로 데려가 석탄 상자 위에 올려놓고 정성껏 닦아주었다. 그때 밖에서 끔찍한 소리가 들려왔다.

사탄은 광분해 있었다. 둘째와 셋째 새끼를 잡아먹고도 로이비크가 데려간 강아지가 살아 있다는 사실이 용납되지 않는 모양이었다. 어쩌면 질투 때문이거나 자기 자리를 빼앗길지도 모른다는 위기감 때문일 수도 있었다. 로이비크로서는 정확한 이유를 몰랐고, 심지어 사탄 자신도 아마 몰랐을 것이다. 사탄은 털을 곤두세운 채 비단결을 내려다보고 있었다. 비단결의 예쁘고 부드러운 털이 수컷의 주둥이에서 떨어지는 침에 흥건히 젖었다. 사탄은 성난 바다코끼리처럼 눈에 핏발을 세우고는 윗입술을 말아 올려 희고 커다란 이빨을 드러냈다. 그러더니 갑자기 미친개처럼 으르렁거리며 비단결의 목덜미를 향해 달려들었다. 사탄은 비단결이 방어를 멈출 때까지 물어뜯었고, 비단결의 몸이 맥없이 축 늘어진 다음에야 겨우 암컷을 놓아주었다.

로이비크는 창문으로 이 모든 광경을 지켜보았다. 사탄이 암캐를 핥고, 커다란 앞발을 가지런히 모은 채 죽은 아내의 곁에 눕는 모습도 보았다. 이어 몸집 커다란 검둥

개가 가슴이 찢어져라 서럽게 우는 소리가 들려왔다.

아흐레 낮 아흐레 밤을, 사탄은 비단결을 안은 채 꼼짝하지 않았다. 먹지도 마시지도 않았고, 로이비크가 앞에 앉아서 말을 걸어도 고개를 돌려 축축한 눈으로 빙하 너머를 응시할 뿐이었다. 그러다가 열흘째가 되는 날 아침에 사탄은 숨을 거두었다. 자기가 만든 아내의 상처 위에 고개를 올려놓은 채, 녀석은 감지도 못한 눈으로 창백한 태양을 바라보고 있었다.

로이비크가 구한 강아지는 지금껏 키워본 다른 어떤 개보다 빠르게 성장했다. 그리고 그야말로 특별한 개가 되어 로이비크를 행복하게 했다. 로이비크는 이 개를 '라반'이라고 불렀다. 그는 이 이름이 비단결과 사탄의 이름 철자를 섬세하게 조합해 만든 것이라고 설명했지만, 설명을 듣고 나서도 이해가 안 가긴 마찬가지였다.

라반은 집채만 한 크기로 자랐다. 녀석은 윤기 흐르는 풍성한 털과 가늘고 긴 다리를 가졌고, 제 아빠처럼 발가락 사이가 붙어 있었다. 엄마에게서 물려받은 온화함과 예리한 관찰력, 다정하고도 매력적인 성격은 로이비크의 마음을 온통 사로잡았다.

라반은 로이비크의 진정한 동반자가 되었다. 녀석은 언제나 들을 준비가 되어 있었고, 길고 북슬북슬한 꼬리로 분별 있는 대답도 할 줄 알았다. 로이비크는 다른 개를 키우지 않았다. 라반만 있으면 귀족처럼 달릴 수 있어서였다. 사냥 파트너도 필요하지 않았다. 그 역시 라반 하나로 충분했기 때문이다. 라반은 귀찮게 들러붙지 않았고, 성가시게 걱정을 시키지도 않았다. 둘은 완벽한 조화를 이루며 살았다. 둘 모두에게 잘 맞는 방식으로 같이 일하고, 같이 수다를 떨고, 같이 간식을 먹고, 같이 마시고, 같이 잤다.

그러던 어느 날, 로이비크는 배에 극심한 통증을 느꼈다. 의자에 올려둔 물통을 들어 올리려는데 갑자기 끔찍한 통증이 아랫배를 공략했다. 그가 신음하며 몸을 움츠리자 식탁 밑에 누워 있던 라반이 고개를 들어 걱정스러운 눈으로 주인을 바라보았다.

"빌어먹을, 왜 이러지?" 로이비크가 중얼거렸다.

기어서 침대로 가는 주인을 향해 라반이 귀를 젖힌 채 다가왔다.

"괜찮아. 아무것도 아닐 거야." 로이비크는 개를 안심시킨 뒤 거칠거칠한 모직 바지를 내리고 아랫배를 살폈다. "염병할, 이게 웬 혹이람? 라반, 이런 혹 본 적 있어?"

라반은 고개를 숙이고 귀를 쫑긋거리며 로이비크의

샅굴에 불룩 솟은 혹을 내려다봤다.

로이비크는 통증에 시달리다가 급기야는 탈진해서 꼬박 이틀을 누워 지냈다. 라반은 그런 주인을 걱정하며 한시도 곁을 떠나지 않았다. 사흘째 되는 날, 차도가 조금 보이는 듯해 로이비크는 침대 밖으로 나와 화덕에 불을 붙였다.

"라반, 핌불에 알리는 게 낫겠어. 이번에는 우리 둘이서 해결할 일이 아닌 것 같아."

그는 편지를 써서 밀랍 먹인 천으로 둘둘 말았다. 그런 뒤 라반을 썰매에 연결하고 천에 싼 편지를 개의 가슴띠 안쪽으로 밀어 넣었다.

"라반, 지금부터 뛰어서 밸프레드네 기지로 가. 가서 이 편지를 주고 얼른 돌아오는 거야. 알았지?"

라반이 꼬리를 흔들자 방 안 가득 흰 얼음 가루가 날렸다. 라반은 걸쇠를 밀어 올려 문을 열고 나간 뒤 뒷발로 걷어차 문을 닫았다. 그러곤 핌불 오두막을 향해 내달렸다.

회사에서 나눠준 『군의관을 위한 외과의 지침서』를 갖고 있던 중위가 즉각 진단을 내렸다.

"로이비크, 탈장이야." 그가 심각한 어조로 말했다.

로이비크의 팬티 속을 확인하기도 전에 내린 진단이었다.

"탈장? 그게 뭐야?" 로이비크가 물었다.

"탈장이란 비정상적으로 팽창한 장이 복부 벽을 뚫고 나온 것을 의미한다." 중위가 지침서에 적힌 내용을 그대로 읽었다. "로이비크, 아래에 혹이 있어?"

로이비크가 그렇다고 고백하자, 중위는 지침서를 들여다보지도 않고 곧장 말했다.

"로이비크, 혹이 있으면 밀어서 제자리에 돌려놓아야 해. 혹 좀 보여줘봐."

로이비크는 하는 수 없이 바지를 내렸다. 중위는 그 부위를 찬찬히 살핀 뒤, 혹이 꾸르륵거리며 제자리를 찾을 때까지 힘껏 밀었다. 로이비크는 비명을 지르며 신음했고, 내복을 갈아입어야 할 만큼 많은 양의 땀을 흘렸다. 라반은 로이비크가 신호만 주면 언제든 중위에게 달려들 기세였다.

"됐다, 이제 좀 두고 보자. 이게 안에 가만히 있는지." 중위가 숨을 헐떡이며 말했다. "절대 무거운 걸 들지 마. 기침도 하면 안 되고, 방귀를 뀌어도 안 돼. 그랬다간 도로 나올 거야." 그가 로이비크가 바지 입는 걸 도우며 말을 이었다. "되도록이면 침대에 누워 있어. 나중에 베슬 마리호를 타고 가서 수술을 받을 때까지."

그 말에 로이비크는 겁먹은 얼굴로 친구들을 바라보았다.

"그 정도로 심각한 거야? 수술을 받아야 할 만큼?"

"당연하지. 수술은 반드시 받아야 해. 이런 구멍을 꿰매지 않고 그냥 두면 장이 밖으로 쏟아져서 정말 큰일이 나거든. 괴저 질환이나 복막염, 아니면 나도 잘 모르는 다른 더러운 병에 걸릴 수 있어. 로이비크, 이건 메스의 도움을 받아야 해결할 수 있는 일이야."

응급처치가 끝난 뒤 휴식을 취하러 위층 침대로 올라간 밸프레드가 난간 너머로 고개를 숙이고 환자를 내려다보았다.

"로이비크, 너무 상심 마. 넌 지금부터 겨우내 침대에 누워 인생을 즐길 권리를 얻은 거니까. 나중에 코펜하겐에 가서는 왕처럼 대접도 받을걸. 헤헤, 나도 탈장에나 걸렸으면 좋겠다."

핌불의 사냥꾼들은 며칠 동안 로이비크의 집에 머물렀다. 중위는 환자의 배에 붕대를 감아주고 엄격한 식이요법을 지시했다. 그들은 로이비크가 혼자서도 어려움 없이 생활할 수 있게끔 민물 얼음을 현관에 가져다 놓고, 거실의 절반을 석탄으로 채웠다. 그리고 밸프레드가 핌불로 돌아갈 수 있을 만큼 충분히 쉬었다고 느낄 즈음, 라반에게 로이비크를 맡기고 길을 나섰다.

"상태가 악화되면 개를 보내." 중위가 말했다. "그럼 당장 달려올게."

이어지는 몇 달은 로이비크에게 길고 험난한 시간이었다. 이따금 로스만 근처로 사냥을 나온 사냥꾼들이 병문안을 오기는 했다. 그들은 로이비크가 혹을 마음대로 넣었다 빼는 것을 보고 감탄을 금치 못했다. 사냥꾼들은 물통에 물을 채우고 석탄을 산더미처럼 쌓아놓은 뒤, 신선한 고기를 가져다주겠다고 약속하며 다시 길을 떠나곤 했다. 친구들의 방문은 로이비크에게 큰 위안이 되었다. 그러나 라반이 곁을 지켜주지 않았더라면, 그는 배가 올 때까지 기다릴 수 없었을 것이다.

라반은 언제나 로이비크 곁에 있었다. 주인을 도와 화덕까지 석탄을 날랐고, 현관에서 얼음 덩어리를 끌고 왔다. 꼬리로 말을 하고 다갈색 눈으로 다정하게 바라보며 환자의 기분을 살펴주기도 했다. 그렇게 하루가, 몇 주가, 몇 달이 지나갔다. 태양이 돌아왔다. 처음에는 약속으로 가득한 풍선처럼 둥근 언덕 위에서 남쪽을 향해 장난스레 구르던 해가 곧 커다랗고 차가운 등처럼 변하더니, 봄이 완연해질 무렵에는 노랗고 따뜻한 본연의 모습을 되찾았다.

　로이비크는 해가 드는 곳으로 자리를 옮겼다. 북극에서 꽤나 긴 시간을 보냈지만, 이렇게 방관자로서 봄을 지켜보며 맞이하긴 처음이었다. 그는 빨간색 페인트가 칠해진 오두막에 등을 기대고 앉아 자연이 깨어나는 모습을 관찰했다. 피오르에서는 얼음이 깨지며 천둥처럼 큰 소리가 났고, 대기는 새들의 울음소리로 가득했다. 산도 흰색 겨울 외투를 벗고 갈색 여름 유니폼으로 갈아입었다. 꽁꽁 얼어 있던 온 세상이 봄과 함께 일제히 일어나 웅성대고 윙윙거리며 생명의 노래를 불렀다. 로이비크의 발치에 누워 있던 라반은 넋을 잃고 그 광경을 지켜보았다.

　그러던 어느 날, 로이비크를 태워 갈 모터보트가 톰슨곶에서 도착했다. 베슬 마리호가 언제 올지 모르는 데다 올슨 선장은 예고도 없이 닻을 올리곤 했기에 매스매슨은 환자를 미리 데려다가 출항 준비를 시키기로 한 터였다. 로이비크는 다리를 질질 끌며 배까지 걸어갔다. 장을 제자리에 집어넣는 것보다 빠져나오는 속도가 훨씬 빨라서 그는 양다리를 벌린 채 어기적거려야 했다. 라반이 그의 뒤를 따랐다.

"걔는 어떻게 할 거야?" 매스 매슨이 물었다.

"데리고 가야지." 로이비크가 라반을 쳐다보며 대답했다. 녀석을 연안에 두고 간다는 생각을 그는 꿈에도 해본 적이 없었다.

"설마, 이 녀석이랑 같이 갈 수 있다고 생각한 거야?" 매스 매슨이 회의적인 표정으로 환자를 보았다. "저 아랫동네에서는 병원에 동물을 데리고 들어갈 수 없어. 게다가 네가 메스 아래서 죽으면 어떻게 하려고 그래? 네가 없으면 개한테 무슨 일이 벌어질지 생각은 해본 거야?"

그랬다. 로이비크가 미처 생각하지 못한 부분이었다. 그는 네발 달린 친구 앞에 쪼그리고 앉아서 나지막한 목소리로 속삭였다.

"매스 매슨의 말이 맞아. 그러니까 라반, 내가 돌아올 때까지 톰슨곶에 가서 얌전히 지내고 있어. 알았지?"

라반은 배 밑으로 꼬리를 감추고 애처로운 표정을 지었다. 로이비크와 떨어질 마음이 아무래도 없어 보였다.

"나하고 같이 가고 싶대." 로이비크가 말했다.

그러자 빌리암이 환자를 도와 배에 태우며 설명했다.

"매스 매슨의 말처럼 최악의 경우를 생각해야 해. 네가 죽으면 사람들은 라반을 동물병원으로 데려갈 거야.

그러면 수의사들이 라반을 해부하겠지. 썰매견의 몸속이 어떤지 보려고. 그런 얘기를 들은 적이 있어. 라반은 여기 남는 게 나아.”

그렇게 해서 라반은 톰슨곶의 오두막 뒤, 강아지들을 위해 세운 울타리 안에 가둬졌다. 로이비크가 베슬 마리호에 오르는 동안 라반은 고개를 숙인 채 꿈쩍도 하지 않았다. 매스 매슨과 검은 머리 빌리암이 개의 기분을 풀어주려고 애를 썼지만, 낙담한 라반은 그 모든 배려에도 시큰둥하게 반응할 뿐이었다.

올슨 선장이 출항 준비를 마치고 뱃고동을 울렸다. 그제야 라반은 정신을 되찾은 듯 혼자 몇 바퀴 돌더니, 펄쩍 뛰어올라 울타리를 넘었다. 얼마나 높이 뛰었는지 배털이 맨 위 빗장에 닿지도 않을 정도였다. 그 길로 라반은 톰슨곶 끝까지 달려갔다. 베슬 마리호가 연안을 따라 지나가리라는 걸 알아서였다. 라반은 배를 향해 코를 킁킁거리며 속도를 늦추지 않고 내달렸다.

갑판에 있던 로이비크가 라반을 발견하고 소리쳤다.

“빌어먹을, 라반, 빌리암한테 돌아가, 이 바보야! 울타리로 돌아가라고! 멍청한 녀석아! 오래 안 걸릴 거야! 라반, 라반……!”

로이비크는 길게 자란 턱수염이 눈물 콧물로 뒤범벅

될 때까지 온몸으로 개에게 소리쳤다.

그런데도 라반은 돌아갈 생각을 안 했다. 베슬 마리호가 멀어지고 뱃고동 소리가 더는 들리지 않아도, 청명한 하늘에 찍힌 검은 점처럼 한자리에 선 채 가슴이 찢어져라 울기만 했다. 배가 시야에서 완전히 사라지자 녀석은 둥글게 원을 그리며 달리기 시작했다. 그렇게 원의 지름을 넓혀가며 한참을 맴만 돌던 라반은, 문득 방향을 정한 듯 갑자기 앞으로 튀어 나가 좁은 피오르를 한 바퀴 돌고 남서쪽을 향해 달려가더니 빙원 끝에 이르러 남쪽으로 방향을 틀었다.

31일 동안, 라반은 쓰러진 사향소 사체와 아직 어려서 숨을 줄 모르는 산토끼, 곰이 먹다 남겼을 점박이바다표범으로 허기를 달래며 남쪽을 향해 질주했다. 오로지 남쪽으로 기수를 고정한 채 땅이 있는 곳은 달렸고, 좁은 피오르는 헤엄을 쳐서 건넜다. 그리고 마침내 붉은 피오르에 이르러 인간과 다시 만났다.

라반이 본 배는 붉은 강으로 원정대를 데리러 온 프랑스 요트였다. 원정대원들은 그곳에서 금을 찾으며 여름을 보낸 뒤 이제 떠날 채비를 하던 참이었다. 라반은 텐트와 장비를 보트에 싣고 커다란 배를 향해 노를 저어 가는 사람들의 모습을 지켜보았다. 돌 뒤에 엎드려서 한동안 낯선 인간들을 살펴보던 녀석은 그들이 타고 갈 배가 로이비크를 데려간 배와 비슷하게 생긴 것을 알아차렸다. 사람들이 배에 오르고 닻을 올리는 소리가 들려왔다. 이번에는 절대로 놓치지 않겠다는 듯, 라반은 날카롭게 울부짖으며 배를 따라 해변으로 달려갔다.

원정대원들이 상갑판 난간으로 모여들었다.

"이상해, 저기 개가 있어." 원정대 대장이 말했다.

"개가 아니라 늑대요. 확실해요. 늑대라면 지겨울 정도로 봤거든." 선장이 대장의 의견을 정정해주었다.

하지만 대장도 물러서지 않았다.

"아니, 저건 개예요. 늑대는 저렇게 짖지 않아요. 전혀 다르게 울부짖죠. 이렇게요." 그가 두 손을 입에 모으고 괴성을 지르자 갑판에 있던 사람들이 머리카락을 곤두세웠다. 하마터면 라반도 도망칠 뻔했다. "이게 바로 늑대의 울음소리죠. 차이가 뭔지 아시겠습니까?"

라반은 배를 향해 진창 속을 걷다가 헤엄을 치기 시작했다. 가끔씩 짖어서 사람들의 주의를 끄는 것도 잊지 않았다.

"우리와 같이 가고 싶은가 봐요. 배에 태웁시다." 대장이 말했다.

"난 늑대를 배에 태우고 싶지 않소." 선장이 대답했다.

대장이 선장을 차갑게 쏘아봤다.

"심정은 이해합니다만, 저건 늑대가 아닙니다. 설마 개가 무서워서 그러십니까?"

라반은 힘센 사내들의 손에 이끌려 배에 올랐다. 선장은 라반을 가까이서 살펴보더니 개가 맞는 것 같다고 인정하면서도 라반의 몇몇 특징이 늑대와 유사하다며 트집을 부렸다.

"말도 안 되는 소리 말아요. 이 녀석은 그레이하운드와 뉴펀들랜드의 피가 섞인 잡종견이에요. 어떤 바보라도 아는 사실입니다."

라반은 영리한 잡종견답게 꼬리를 흔들며 대장의 손을 핥았다. 이에 대장은 깊은 감동을 받고 개를 선실로 데려가 요리사에게 최고급 요리를 만들어달라고 부탁했다.

그린란드에서 유럽으로 가는 이 여행은 라반에게 놀라운 경험이었다. 그 어떤 강요도 없었으며, 선장조차 그를 다정하게 대하려 노력했다. 라반은 먹고, 마시고, 자고, 자신을 귀여워해주는 여러 손등을 핥으며 붉은 피오르에서 르아브르*까지 항해했다.

원정대 대장은 라반에게 홀딱 반해서 이 녀석을 입양해 파리의 집으로 데려가고 싶어 했다. 르아브르에 도착하자마자 그는 원정대가 북극 땅을 떠나던 날 허허벌판에 나타난 신비한 개와의 만남을 상세히 묘사했고, 라반은 곧 프랑스의 유명 인사가 되었다. 이야기에 양념을 치고 라반에게 그럴듯한 과거를 만들어주기 위해, 원정대 대장은 개의 전 주인이었던 미지의 사냥꾼을 만들어내고는 이 가련한 사냥꾼을 끔찍한 고통 속에 죽게 했다. 그의 추측에 따르면 사냥꾼은 눈사태 속에서, 혹은 돌에 깔려서, 혹은 사향소 무리에 밟혀서, 혹은 곰의 습격을 받아서, 혹은 크레바스 사이로 떨어지거나 얼음구멍에 빠져 죽었다. 원정대 대장은 라반의 용기와 죽은 주인을 향한 변함없는 애정, 그리고 충성심을 추켜세웠다. 신의 은총으로 인간에게 발견되기까지 생명 줄을 놓지 않은 녀석의 강인함과 인내심도 칭찬했다. 이 경이로운 동물은 자신이 늘 이야기했다시피 잡종이 순수 혈통보다 똑똑하고 강인하고 끈질긴 생명력을 지녔다는 사실을 입증하며, 이러한 논리는 동물만이 아니라

———

* 프랑스 센강 어귀의 북안에 위치한 도시.

사람에게도 똑같이 적용된다는 것이었다. 이렇게 라반의 이야기는 기사화되어 사진과 함께 온갖 신문에 실리게 되었다.

라반은 놀라운 인내심으로 이 모든 변화를 받아들였다. 녀석은 원정대 대장의 발밑에 얌전히 누워 로스만의 오두막과 로이비크와 나누던 긴 대화, 썰매를 끌며 달리던 둘만의 멋진 여행을 추억했다. 큼지막한 귀 뒤를 긁어도 가만히 있었고, 콧등에 와 닿는 부인들의 입맞춤도 거부하지 않았으며, 매일같이 쏟아지는 팬들의 편지 더미 앞에서는 예의 바르게 냄새를 맡았다. 곧 그는 오픈카의 호위를 받으며 파리까지 행차해 가는 곳마다 뜨거운 박수를 받았다.

그러던 어느 날, 라반이 인사도 없이 슬그머니 사라졌다. 파리에 도착하고 일주일이 되는 날이었다. 도망친 라반은 뜻하지 않게 엄청난 교통 체증을 유발하며 몽마르트르 대로를 거슬러 올라갔고, 생드니에 이르러서는 콧잔등을 샹티이로 향한 채 내달려 도시를 벗어났다. 이렇게 대륙의 절반을 가로지르는 라반의 여행이 시작되었다.

이후 라반의 정확한 여정은 밝혀진 바 없다. 그러나 그 기간 동안 수집된 독자들의 편지와 유럽 내 지방 언론사들의 기사를 조금만 살펴보면 대략적으로 다음과 같은 행로로 재구성된다.

우아즈강* 근교 라페르에서, 한 농부는 "괴물 같은 덩치의 곰"이 갑자기 나타나 자기를 우물 속에 뛰어들게 만들고, 알을 제일 많이 낳는 최상급 암탉 네 마리와 자기 아내가 발효시키려고 창가에 놓아둔 빵 반죽을 집어삼켰다며 분통을 터뜨렸다.

벨기에 국경에 면한 마을 바베이의 한 사냥감 상인은 숙성시키려고 가게 외벽에 걸어둔 산토끼 고기를 커다란 늑대가 훔쳐 갔다고 경찰에 신고했고, 같은 날 저녁 바베이의 한 시계방 주인은 잃었던 신앙심을 기적처럼 되찾았다. 그는 포베르주 거리와 발자크 거리가 만나는 지점에서 악마와 직접 대면했다며 하느님과 지역신문에 대고 간증했다. 윤기 흐르는 검정 모피를 두른 이 사악한 악마가 발가벗은 젖먹이를 아가리에 문 채 시계방 앞에서 최소한 1미터는 뛰어올랐다는 것이었다.

———

* 유럽 서부의 강으로 벨기에 남부에서 발원해 프랑스 북부를 서남으로 흘러 센강에 합류한다.

샤를루아*에서 라반은 겐트**로 가는 석탄선에 올랐다. 석탄 더미 위에 엎드린 라반은 전혀 눈에 띄지 않았다. 한밤중에 잠에서 깬 녀석은 뱃머리에 걸린 노란 달을 보고 끔찍한 향수에 젖어 사랑하는 달을 향해 울부짖었다.

　　이 일은 선원에게 무척이나 가혹한 시련을 안겨주었다. 그는 조종실에서 고개를 내밀었다가 검은 괴물을 보고 놀라 비명을 지르며 운하로 뛰어들었다.

　　석탄을 실은 너벅선은 선원이 물에 뛰어든 뒤에도 항해를 이어나가다가 뱃머리로 다음 수문을 뚫어버렸고, 우현이 뜯겨나가며 그대로 침몰했다. 그러나 라반은 발에 물 한 방울 묻히지 않은 채 무사히 땅에 올랐다.

　　라반이 네덜란드를 통과했는지는 알 수 없다. 독일에 도착할 때까지 한 번도 사람들 눈에 띄지 않기 때문이다. 그러다가 어느 새벽, 독일 제6척탄부대에서 마스코트나 다름없는 염소가 잡아먹히는 사건이 일어났다. 부대원들은 그 즉시 살상을 저지른 테러리스트를 잡기

———

*　　벨기에 남부의 도시.
**　　벨기에 북서부에 위치한 도시.

위해 정예부대를 조직했다.

며칠 뒤에는 바트 노이엔아어*에서 웬 괴물이 시장 부인의 소유이자 왕실 혈통의 푸들을 수치스러운 방식으로 희롱했다는 기사가 〈쥐트도이체 차이퉁〉에 실렸다. 이 일이 어떻게 뮌헨까지 전해져 기사화되었는지는 아직까지 불가사의로 남아 있지만, 라반에 대한 묘사가 너무도 정확하기 때문에 다른 개와 혼동했다고는 생각할 수 없다. 바트 노이엔아어 시민들은 성도착증에 걸린 이 개를 붙잡기 위해 조사단을 파견했는데, 조사단의 실수로 농가에서 키우던 애꿎은 중형견 세 마리와 암소 한 마리, 도랑에서 볼일을 보던 기자의 왼쪽 엉덩이만 작살났다.

라반은 파드보르**에서 덴마크 국경을 넘은 것으로 추정된다. 아마도 잠에서 막 깬 세관원이 라반을 불러 세우고는 녀석의 머리 위로 경고사격을 했던 듯하다. 이 사건은 "남측 도발자가 또다시 잠입하여 도발하다"라는 제목으로 유틀란트 신문 하단에 실렸다.

———

* 독일의 옛 수도인 본 근교에 자리한 휴양지.
** 독일과 인접한 덴마크의 도시.

라반이 코펜하겐으로 가는 길을 어떻게 찾았는지도 역시 확인할 수 없다. 하지만 라반은 틀림없이 고향에 왔다고 느꼈을 것이다. 그곳에 사는 사람들이 로이비크와 같은 말을 하고 같은 냄새를 풍겼을 것이기 때문이다. 어쨌거나 라반은 4월 6일에 실제로 코펜하겐에 있었다. 그날 코펜하겐의 동물원 대표가 받은 분노의 공개 서한에서 라반이 다시 거론되었다. 편지를 쓴 사람은 동물원을 탈출한 짐승이 한밤중에 코펜하겐의 거리를 활보했다며 동물원 대표의 직무 유기를 신랄하게 비판했다. 그는 그날 시청 앞 광장을 지나간 갈색 곰을 생생히 묘사함으로써 자신의 주장에 힘을 실었다.

같은 날 저녁, 동물원 대표는 석간신문에 반박 기사를 냈다. 동물원의 곰 수를 다시 세어봤지만 한 마리도 사라지지 않았다는 내용이었다. 그는 다음과 같은 문장으로 자기변호에 종지부를 찍었다. "안타까운 일이지만, 이미 밝혀졌듯 정신적으로 문제가 있거나 알코올성 섬망증이 있는 이들은 때때로 환각에 시달린다. 만약 이런 증세가 보인다면 조용히 술병을 내려놓고 치료를 받는 게 좋다."

이 쓰디쓴 응수 덕분에 며칠은 잠잠히 지나갔다. 도심 광장에서 비둘기를 사냥하는 문제의 곰을 다수의 사람이 목격했지만 아무도 공개적으로 증언할 엄두를 못 냈던 것이다. 사람들은 은밀히 곰 이야기를 했다. 곰의 야만성과 인육을 즐기는 잔인한 식성 등 소문이 무성해지기 시작했다.

그러던 어느 날, 한 유능한 기자가 문제의 곰을 몇 달 전 프랑스의 신문 1면을 장식했던 '북극의 괴물'과 비교할 생각을 해냈다. 그는 강한 호기심에 이끌려 이 괴물의 여정을 추적해 그것을 기사화했고, 그 기사는 로이비크의 손에도 들어갔다.

로이비크는 오래전에 병원을 나와 스트란 거리에 있는 시몬센 과부의 하숙집에서 지내고 있었다. 침대에 누운 채 괴물에 관한 기사를 모두 읽은 뒤, 그는 물끄러미 천장을 올려다보고 중얼거렸다.

"맙소사, 어떻게 이런 일이!" 로이비크는 눈을 감고 라반을 떠올렸다. "붉은 피오르에서 코펜하겐까지 오다니! 이 괴물이 정말 나를 놀라게 하네!"

로이비크는 침대에서 일어나 검정색 펠트 슬리퍼를 꿰차고 스트란 거리를 전속력으로 달려갔다.

'라반이야! 빌어먹을! 라반이 아니면 뭐겠어?'

가쁜 숨을 몰아쉬며 그가 그린란드 로열 무역 회사의 철문을 뛰어넘었다.

죽 늘어선 창고 중 한 곳의 창문이 열려 있었다. 그린 란드 북동부의 사냥 기지로 운송될 물품이 적재된 곳 이었다. 로이비크는 창문 안으로 고개를 집어넣고 속삭 였다.

"라반! 너 거기 있어? 라반, 나야, 로이비크."

로이비크는 한 손을 귀에 대고 신경을 곤두세웠다. 곧 이어 반가움에 꼬리를 흔드는 익숙하고도 규칙적인 소 리가 들려왔다. 라반이 말린 생선 더미 위에 앉아 있었다.

"라반!" 로이비크는 감격에 젖어 소리를 지르며 창 문을 타 넘어갔다. "이런 망나니 녀석! 대체 무슨 짓을 한 거야! 헤헤, 세계 일주를 하며 그 난리를 피운 게 정 말 너였어? 라반, 이리 와!"

라반은 말린 생선 더미에서 풀쩍 뛰어내려 로이비크의 발밑에 와 드러누웠다. 로이비크는 감정이 북받쳐 코를 훌쩍이며 씹는담배 즙을 뱉었다. 그가 라반의 머리를 붙 잡고 가볍게 흔들었다.

"이 방랑자! 그렇게 나랑 같이 있고 싶었어, 엉?"

로이비크는 창고 바닥에 주저앉아 라반의 풍성한 털 속에 코를 파묻었다.

"나랑 같이 시몬센 부인 집으로 가자." 그가 속삭였 다. "그런 다음 내일은 올슨 선장한테 가서 집으로 가는 표를 끊는 거야. 자, 약속."

끙끙대며 로이비크의 얼굴을 핥던 라반이 기쁨에 젖어 천장을 향해 꼬리를 바짝 치켜세우고는 마구 짖어댔다. 로이비크도 기쁨을 참지 못하고 라반에게 기대앉아 스웨터 소매로 눈물을 닦고 코를 풀었다.

북극 허풍담 3
백작의 유산

초판 1쇄 인쇄 2022년 4월 15일
초판 1쇄 발행 2022년 4월 25일

지은이 요른 릴
옮긴이 지연리
펴낸이 정중모
펴낸곳 도서출판 열림원

출판등록 1980년 5월 19일(제406-2000-000204호)
주소 경기도 파주시 회동길 152
전화 031-955-0700
팩스 031-955-0661   **페이스북** /yolimwon
홈페이지 www.yolimwon.com   **트위터** @yolimwon
이메일 editor@yolimwon.com   **인스타그램** @yolimwon

주간 김현정   **마케팅 홍보** 김선규 최가인
편집 조혜영 황우정 최연서   **온라인사업팀** 서명희
디자인 강희철   **제작 관리** 윤준수 이원희 고은정 원보람

ISBN 979-11-7040-088-2 04850
      979-11-7040-057-8 (세트)